사랑을
기억하다

시랑을 기억하다

지은이 | 김혜숙
펴낸이 | 박상란
1판 1쇄 | 2017년 8월 10일

펴낸곳 | 피톤치드
교정교열 | 김은옥   디자인 | 황지은
경영 · 마케팅 | 박병기

출판등록 | 제 387-2013-000029호
등록번호 | 130-92-85998
주소 | 경기도 부천시 원미구 수도로 66번길 9, C-301 (도당동)
전화 | 070-7362-3488
팩스 | 0303-3449-0319
이메일 | phytonbook@naver.com

ISBN | 979-11-86692-10-3 (03810)

「이 도서의 국립중앙도서관 출판예정도서목록(CIP)은 서지정보유통지원시스템 홈페이지(http://seoji.nl.go.kr)와 국가자료공동목록시스템(http://www.nl.go.kr/kolisnet)에서 이용하실 수 있습니다.(CIP제어번호: CIP2017016983)」

고마워 미안해 잊지 않을게

사랑을 기억하다

김혜숙 지음

파톤치드

남편을 하늘나라로 보내고 그의 사랑을 그리워하는 아내의 마음이
페이지마다 가득합니다. '회자정리'라 했던가요? '만났을 때 이미
이별을 품고 있었다'는 옛 성현의 말씀이 떠오릅니다. 우리는 사랑
했던 기억만으로도 살아갈 힘을 얻습니다. 세상의 모든 글자가 사
라져도 사라질 수 없는 말이 사랑입니다. 모든 것이 요동치는 이 시
대에 한 사람에 대한 헌신과 사랑은 붙잡고 싶은 가치입니다. 씨줄
과 날줄로 홀소리와 닿소리로 운명처럼 만난 그 짝이 마음속에 살
아 있는 한, 그는 죽은 것이 아님을 느끼게 하는 책입니다.

엄정희 서울사이버대학교 가족상담학과 교수, UFCI 연합 가족상담 연구소장

요즘 일부 수필가들 사이에서는 글의 형식을 파괴하는 것이 유행처
럼 번지고 있다. 반면에 저자는 수필의 정론을 파괴하지 않고 그 줄
기를 올곧게 지키고자 노력했다. 그런 점이 보기 좋다. 그것이 바로
진정성이다. 저자는 자신이 처한 현 상황을 잘 인식하고 고통과 절

망에서 벗어나기 위해 자기만의 방식으로 스스로를 위무한다. 말하자면 보폭과 균형 맞추기를 통해 글의 팽팽하고 느슨한 부분을 자유자재로 조율하는 것이다. 그렇게 써 내려간 문장 하나하나는 내면 깊은 곳에서 우러나오는 절제된 고통이자 회한이다.

권영옥 시인, 문학박사

대부분의 사람들은 수많은 불행의 조건 때문에 행복하지 않다고 하지만, '평범'이라는 기적을 보지 못하기 때문에 불행한 것이다. 저자에 대한 일체의 정보 없이 원고를 읽었다. 원고는 그 어떤 조미료를 넣지 않아도 깊은 맛이 나는 다슬기국처럼 시원했다. 이 책은 저자가 자신의 삶에서 얻은 세 가지 재료인 아픔, 슬픔, 그리움으로 만든 사랑의 묘약이다. 자신도 모르는 사이에 주변에 있는 모든 것이 사랑스럽고, 가족이 얼마나 소중한지 깨닫게 될 것이다.

이병준 심리상담학 박사, 파란리본 카운슬링&코칭 대표,
《다 큰 자녀 싸가지 코칭》, 《우리 부부 어디서 잘못된 걸까?》 저자

《사랑을 기억하다》를 읽고 무뚝뚝해서 남의 편이라고 생각했던 남편이 곁에 있음에 감사했습니다. 가족이 곁에 있다는 것, 사랑할 시간이 있다는 것을 우리는 종종 잊고 삽니다. 이 책은 소중하지만 잊기 쉬운 가치를 일깨워 줍니다. 저 역시 책장을 덮으며 너무도 오랜

만에 가족들에게 절실한 고마움을 느꼈습니다.

모든 일은 마음먹기에 달렸음을 다시 한 번 깨닫습니다. 언제나 다를 바 없는 일상, 힘들다고 미루던 일들이 모여서 삶을 이루고 우리의 근간을 다져줍니다. 너무나 귀하고 소중한 것들입니다. 《사랑을 기억하다》로 인해서 새로운 시각에서 마음먹기를 해낼 수 있었습니다. 그랬더니 일상은 즐거워졌고 주변 사람들이 너무나 소중하게 느껴졌습니다. 매시간을 귀하게 여기며 최선을 다하고 싶습니다.

한상미 다니엘스터디 대표

"무언가를 사랑하려면 그것이 사라질 수도 있음을 깨달으면 된다." G. K. 체스터톤의 말입니다. 우리는 늘 떠나보낸 후에 소중함을 느끼곤 합니다. 이 책을 통해 일상의 소중함과 사랑의 따뜻함 그리고 감사함에 대해 알았습니다. 현재의 내가 온전히 사랑받고 있음을 깨닫고 싶은 분들께, 세상에 하나뿐인 소중한 사람임을 알고 싶은 분들께 이 책을 추천합니다.

박세인 휴먼브랜드 친절한세인씨 대표, 《블로그 투잡됩니다》 저자

그의 과거 속에서 현재의 나를 바라보게 됩니다. 작가의 삶을 조곤조곤 풀어놓는 가운데 남편의 부재에서 느껴지는 빈자리, 그리고 깊은 추억과 함께 밀려오는 후회가 그를 과거로 돌려놓는 것이 아

니라, 앞으로 나아가는 원동력으로 작용하는 것이 인상적입니다.

사랑이 지나간 자리를 돌아보며, 더 깊은 사랑을 발견하며 흔적을 찾아 떠나는 여행을 함께하면서 지금의 사랑을 돌아보게 하는 작가의 글이 깊은 울림을 줍니다. 저자 기억 속의 영화와 음악을 공유하며 나의 기억을 들춰보는 시간을 가졌고, 앞으로의 방향과 갈 길에 대해 생각했습니다. 그와 함께 떠나는 과거로의 여행과 현재의 모습이 비춰진 진실의 창에 공감을 표합니다.

김윤희 CBS 라디오 작가

《사랑을 기억하다》는 매우 소박하지만 절절해서 그 어떤 유려한 글보다 오히려 더 마음을 움직이게 하는 힘이 있다. 가족 간의 사랑조차 시들해져가는 요즘 세상에서 그녀의 글은 나의 삶을 돌아보게 한다. 지금 곁에 있는 사람에게 사랑한다고 말해 주자. 사랑은 마냥 우리를 기다려주지 않으니. 홀로 남은 사랑이라고 해도 그리운 기억이 남아 있다면 영원히 아름다우리라. 그렇게 오늘도 우리는 사랑하며, 사랑을 떠나보내며, 그러나 다시 사랑을 꿈꾸며 산다. 《사랑을 기억하다》의 저자 김혜숙이 그러하듯.

김선희 파워블로거 〈페르소나의 비밀서재〉

사랑이 필요한 이들에게

지난가을, 나는 꿈에 부풀어 있었다. 2년 전부터 기획했던 사업이
마무리되어 가고 있었고, 누군가의 집을 지어주는 일에 커다란 보
람을 느꼈다. 우리가 지은 집에서 어떤 이들은 다복한 가정을 이루
어 사랑을 가꾸어 가고, 어떤 이들은 지치고 고단한 몸을 쉬어간다
고 생각하니 흐뭇했다.

그러나 나의 가정이 무너지는 것을 모르고 있었다. 이별과 슬픔,
고통이 우리 가족에게 다가오고 있음을 눈치채지 못했다. 어느 날
갑자기 남편은 응급실로 실려서 갔고 아들의 골수를 이식받고 퇴원
을 5일 앞두고 패혈증으로 우리 곁을 떠났다. 그의 죽음으로 나의
생에 대한 의지와 꿈도 산산이 부서져 버렸다. 나는 도저히 일어설
수 없을 것 같았다. 남편이 없는 삶은, 언제나 나를 향하던 그의 사
랑이 중단된 인생을 생각해 본 적이 없다. 현실을 부정하고 발버둥
치던 시간을 지나서 나는 깊은 절망의 나락으로 빠져들었다.

그 절망의 끝에서 펜을 들었다. 이것은 그를 떠나보낸 슬픔을 치유하는 방법이었다. 하지만 글 쓰는 과정은 생각보다 힘들고 어려웠다. 글을 쓰면서 울었고 그와 있었던 일들을 생각하면서 울었다. 글 쓰는 작업을 포기하고 다시 붙잡기를 반복했다. 특히 남편의 죽음에 관해서 쓰는 몇 날 며칠 동굴 같은 방 안에서 나올 수 없었다. 하지만 다시 글을 쓸 수 있었던 것은 내 기억이 사라지기 전에, 그와의 추억을 남겨 놓아야 한다는 절박함 때문이었다. 아이들에게 아빠가 어떤 사람이었는지 전해 주고 싶었다. 우리가 만나고 다투고 오해하고 그 안에서 웃던 날들을 아이들에게 들려주고 싶었다.

또한 이 책은 내 삶의 원천이 되었던 이야기를 담았다. 이 모든 감정을 글로 옮길 수 있을지, 과연 책을 완성할 수 있을지 의심하던 순간이 많았지만 결국 세상에 나오게 되었다.

글을 쓰면서 깨달은 것은 결국 사랑만이 세상을 구할 수 있다는 것이다. 지금 사랑하는 가족의 존재를 잠시 잊고 있는 이들, 사랑을 찾고 있는 이들, 그리고 사랑을 필요한 이들에게 이 책이 작은 위안이 되었으면 한다. 지금 사랑이 보이지 않는다고 해서 절망할 필요는 없다. 돋아나는 새싹처럼, 움트는 꽃망울처럼 사랑은 다시 그 존재를 드러낼 것이다.

책이 나오기까지 도움을 준 많은 분께 감사한다. 부모님, 형제자매, 아들 경하와 예쁜 딸 지인이에게 사랑을 전한다. 그리고 한결같은 사랑으로 늘 나를 아껴 주었던 남편에게도 사랑과 감사를 전한다.

2017년 여름 신촌 안산 숲 〈라비앙로즈〉에서

part4 때로는 슬픔도
힘이 된다

part5 가족,
영원한 내 편

1

일하며 꿈꾸며
살아가며

내 영혼의
비타민

싱그러운 오월, 아기햇살어린이집 아이들의 웃음소리가 아침 햇살로 환하게 피어난다. 옹기종기 조팝나무 꽃처럼 온종일 조잘 조잘 조잘… 아이들의 오월은 할 이야기가 그렇게도 많은가 보다.

즐거운 주말을 보내고 월요일을 맞이한 아기햇살어린이집의 아침 풍경은 '언제나 맑음'만은 아니다. 친구들을 만난다는 기쁨에 월요일이 반가운 아이가 있는가 하면, 출근해야 하는 엄마와 떨어지지 않으려고 발버둥치는 아이도 있다. 그런 엄마는 도망치듯 어린이집을 빠져나가고 선생님과 아이의 눈물겨운 전쟁이 한바탕 벌어지기도 한다.

이렇듯 호들갑스럽게 시작된 월요일, 오늘은 지후 어머니가 물병에 올챙이를 담아 왔다. 아이들이 모여 앉았다. 올망졸망 새까만 올챙이들이 꼬리를 연신 흔들어대고 있을 때 뭐든 만져봐야 직성이 풀리는 찬빈이가 손에서 미끄러지는 올챙이를 놓치지 않으려고 쥔다는 것이 그만 배가 터지고 말았다.

'오, 하나님! 용서해 주세요.'

개구리가 되기도 전에 찬빈이 손에서 유명을 달리한 올챙이 녀석을 보고 나머지는 연못으로 돌려보내기로 아이들과 일일이 새끼손가락을 걸며 약속했다.

아이들과 함께하는 하루는 날마다 새롭다. 예측할 수 없는 일이 생기고 즐거운 이야기들로 가득하다. 얼굴을 떠올리기만 해도 웃음이 절로 나오는 악동 아기 정연이. 정연이는 가끔 친구들에게 이빨 도장을 골고루 찍고 다녔다. 그럴 때마다 여기저기서 울리는 비명에 교사들은 늘 초긴장 상태였다.

사랑과 관심을 보여 달라는 샘 많은 정연이의 표현인 것 같아서 교사들은 정연이를 많이 안아주며 사랑한다고 속삭여줬다. 아이들은 칭찬을 먹고 자란다. 또 정연이가 뭔가 특별한 일을 했을 때, 놀란 표정으로 기절한 척하면 너무 신나했다. 천장에 손이 닿도록 번쩍 올려 주는 것도 아이들이 으쓱해 하고 좋아하는 칭찬 방법이다.

약 한 번 먹이려면 한바탕 전쟁을 치러야 하는 지후 이야기도 빼놓을 수 없다. 지후가 아픈 것도 속상한데 약까지 먹지 않아서 지후 담임선생님은 어떻게 하면 약을 잘 먹일 수 있을지 궁리했다. 분홍색 가루약에 물약을 섞어서 지후가 좋아하는 뽀로로 컵에 딸기 주스처럼 만들어서 빨대까지 꽂아주면 약인 줄도 모르고 단숨에 먹었다. 선생님의 재치에 감쪽같이 속아 넘어간 지후. 그 모습이 너무 귀엽고 사랑스럽다.

눈에 넣어도 아프지 않은 석범, 찬오, 수줍음 많은 수빈이는 모두 뿌리반 친구들이다. 유난히 어린이집 적응이 힘들었던 수빈이가 엄마와 웃으며 헤어지고 등원할 수 있도록 교사들은 엄마의 마음으로 돌봤다. 아이들 울음, 웃음, 눈짓만으로도 마음을 읽을 수 있는 교사는 아이들에게 엄마만큼이나 특별한 존재다.

한번은 서윤이 생일잔치가 있었다. 나는 행복해 하던 서윤이의 모습을 잊을 수가 없다. 곱게 차려입은 한복과 족두리가 얼마나 잘 어울리는지 아기 새색시 같았다. 덕분에 서윤이가 좋아하는 생일 축하 노래를 열 번도 더 불러댔다. 그 옆에서 노래를 따라 부르며 깜찍한 표정을 짓는 혜연, 은빈, 성혜도 좋아서 손뼉을 치며 춤을 추었다.

은빈이는 미소가 아주 해맑은 아이다. 그중에 혜연이는 터프하면서도 선생님 따라쟁이다. 수업시간에 선생님을 곧잘 도와주는 아가 보조 선생님이다. 애교쟁이 성혜의 눈웃음은 언제나 선생님들의 마음을 사로잡았다. 선생님의 화장품을 바르고 싶어서 거울 앞에 앉아서 화장하는 척하는 천상 예쁜 공주다.

아기햇살 아이들에게 점심시간은 하루 중 제일 신나는 시간이다. 앵두 같은 조그만 입으로 어쩌면 그렇게 맛나고 야무지게 먹는지, 그 모습을 보고 있으면 내 배가 다 부르다. 옛말에 논에 물들어 가는 것과 자식 입에 밥 들어가는 것이 제일 배부르고 행복하다고 했다. 정말 하나도 그르지 않는 말이다.

하루에 삼백 번 넘게 웃는다는 아이들에 비해 어른들은 일곱 번 정도 웃는다고 한다. 그래서 아이들에게는 따로 웃음을 가르칠 필요가 없다. 누가 웃으라고 말해 주지 않아도 잘 웃고 논다. 선생님이 일부러 창문에 머리를 쿵 찧어도 웃고, 개미가 기어가는 모습에도 웃고, 맛있는 간식을 먹어도 함박웃음이 입가에 번진다. 순간순간마다 작은 일에도 해맑은 웃음을 보이는 아이들! 그래서 더 많이 웃을 수 있는 아이들과 함께하는 시간이 날마다 소중하고 감사하다.

어느 봄날 아이들과 유채꽃 향기 가득한 상동 호수공원으로 봄나들이를 갔다. 선생님의 노래에 맞추어 율동까지 곁들인 아이들 손이 나비처럼 하늘거렸다. 아이들은 못하는 노래가 없고 쉬지 않고 쫑알대서 선생님들은 심심할 틈도 없고 마냥 즐겁기만 하다.

상동 호수공원에 도착할 즈음 파릇파릇한 잔디밭이 보인다. 아이들은 환호성을 지르고 흥분의 도가니다. 차에서 내리자마자 바람같이 달려가는 아이들 뒤를 따라가느라 진땀을 빼는 선생님들도 즐거워 보였다. 공원 한가운데 큰 호수가 있는데, 물속에 물고기들이 정말 많았다. 사람들이 다가오면 먹이를 주는 줄 알고 빠른 속도로 엄청나게 모여들었다.

"선생님! 물고기가 정말 많아요."

물속을 들여다보며 물고기 떼를 보고 놀란 아이들의 눈빛이 햇살처럼 반짝인다. 어찌나 물고기에 집중하는지 물에 빠지겠다는 생각이 들었다. 그 진지한 표정들을 놓칠세라 찰칵찰칵 사진기에 담았다. 연못가에서 발견한 개구리를 보고 한 아이가 물었다.

"개구리가 왜 움직이지 않아요? 돌을 던져 봐요!"

"개구리가 놀랄 수 있으니 잠시 기다려 주자."

선생님 말에 아이들은 한참을 기다렸다. 호수공원을 반도 둘러보지 못하고 우리는 놀이터로 향했다. 어쩌면 그렇게 짧은 다리로 여기저기 잘도 오르락내리락하는지 저마다 분주하다. 나는 아이들 곁을 지키다가 상큼한 꽃내음에 이끌렸다. 지천으로 깔린 토끼풀 밭에 앉아서 보송보송한 하얀 꽃송이 두 개를 뽑았다. 이것을 본 아이들이 내 곁으로 모여들어 호기심 가득한 눈길로 토끼풀 꽃을 들여다봤다.

꽃받침 밑줄기를 손톱으로 살짝 눌러 끼우면 예쁜 꽃반지가 되고, 여러 개 엮어놓으면 팔찌도 되고, 머리에서 빛을 발하는 화관도 된다. 내 어린 시절 추억 속의 꽃반지 이야기를 들려주며 꽃반지를 만들어 끼워 주었다. 엄지공주 예원이와 아이들이 좋아하며 배시시 웃었다. 예원이의 호수 같은 맑은 눈망울이, 꽃반지를 바라보는 모습이 5월의 아기 신부 같다.

요리조리 몰려다니는 아이들을 간신히 나를 중심으로 둘러앉혔다. 그런데 노랑꽃에 둘러싸여 있어도, 분홍꽃에 둘러싸여 있어도 내 눈에는 우리 아이들 꽃이 제일 예쁘다.

'알고 있니? 너희들은 이 세상에서 가장 소중한 존재라는 거……' '역시 아이들은 자연 속에서 흙 밟으며 뛰어놀 때가 제일 예쁘다.'

이렇게 천진한 아이들이 큰 에너지가 되어 어지럽고 혼탁한 이 세상을 밝고 아름답게 가꾸어 갈 것을 나는 믿는다. 어른들은 아이들이 행복하게 살아갈 수 있도록 옆에서 도와주기만 하면 된다. 그리고 행복은 어떤 특별한 기술이 필요한 것이 아니라, 우리가 함께 나누며 소중하게 가꾸어 가는 것이다. 아이들이 따뜻한 사람이 되기를 바라며, 몸과 영혼이 맑고 향기로운 아이로 자랄 수 있도록 기도한다.

너희들은 내 영혼의 비타민! 웃음꽃으로 가슴에 활짝 피어나는 아기햇살어린이집 친구들! 건강하고 밝게 자라주렴.

애야, 손을 내게 내밀렴,
내 안에서 빛나는
너의 신뢰의 빛을 받으며
걸을 수 있도록.

하난 칸(Hannan kahn)

시를 노래하는
마음으로

　라이너 마리아 릴케는 시인 중의 시인이라고 불린다. 그가 태어난 지도 141년이 지났다. 시인으로서 릴케의 삶은 1897년 루 안드레아스 살로메를 만난 뒤 꽃을 피웠다. 살로메는 릴케보다 열네 살 연상으로 시인의 연인이자 정신적 후원자였다. 살로메와 릴케는 러시아를 함께 여행했고 이후에 주옥같은 시를 남겼다.

　릴케가 프란츠 크사버 카푸스에게 보낸《젊은 시인에게 보내는 편지》중에 시인으로서의 삶에 대한 그의 생각이 담겨 있다.

　'당신의 생활이 비록 빈약하게 보일지라도 그것을 탓하지 말고 평범한 생활이 갖는 풍요로움을 끌어낼 수 있는 시인이 못 되는 자신을 탓하십시오. 창조하는 자에게는 가난이 없으며,

그냥 지나쳐 버려도 좋을 하찮은 장소란 없기 때문입니다'

창조하는 자에게는 가난이 없고 하찮은 장소도 없다. 이 얼마나 멋진 말인가. 들을 때마다 가슴이 두근거리는 말이다.

나는 어릴 때부터 시인이 되고 싶었다. 초등학생 때 도서관에 가면 서가에 꽂힌 수많은 책 중에 시집에 눈이 갔다. 세상에 없는 표현으로 평범한 일상을 표현해 보고 싶었다. 윤동주의 시를 보면 나도 꼭 이런 시를 쓰겠다고 다짐했다.

정말 좋은 시는 간결하게 몇 줄뿐인데도 놀랍도록 풍부한 이미지가 떠오른다. 그냥 툭툭 던져 놓은 것 같은 단어 하나하나가 시인이 고심 끝에 고르고 고른 단어라는 것을 알고 시가 더 매력적으로 느껴졌다.

나는 시가 무작정, 그냥 좋다. 운명처럼 다가오는 사랑처럼 시는 아무 이유 없이, 조건 없이 좋았다. 정말 좋아하면 이유가 없다는데 나한테는 시가 그랬다. 그래서 시를 공부하는 모임에도 자주 나갔고 결국 시와 수필로 등단하기에 이르렀다.

스피치에 대한 두려움을 극복하려고 스피치 클럽에 다녔는데 수업 때마다 3분 스피치 시간이 있었다. 그때 나는 내가 쓴 시를 읊기도 했다.

어릴 때부터 뭔가 쓰는 걸 좋아했던 아이. 선생님께 검사받는 일기장과 나만의 일기장 두 권을 같이 썼던 아이. 어릴 때 이

모와 고모의 연애편지를 써주던 아이. 그 아이가 인생에서 시를 가장 많이 썼던 때는 30대 후반 무렵이다. 그때야 비로소 어릴 때부터 하고 싶었던 문학을 공부할 수 있는 여유가 생겼다.

나는 윤동주 시인을 좋아한다. 동주의 시는 순결하고 숭고한 정신이 살아 있다. 나는 지금 청년 윤동주가 옥에서 죽음을 맞이했던 때보다 훨씬 더 나이가 들었다. 요즘 그의 작품을 다시 보는데 시에 살아 있는 그의 양심이 너무나 고귀해서 눈물이 난다.

얼마 전에 출판계에 초판 시집을 출간하는 붐이 일었다. 윤동주와 김소월, 백석의 작품이 고스란히 담긴 옛날 시집 그대로의 모습으로 출간되었다. 초판을 복원한 시집은 정말이지 특별했다. 내가 알고 있던 그 작품이 맞나 싶을 정도로 새로운 감흥을 불러일으켰다. 요즘처럼 언어가 오염되고 혼탁해진 세상에서도 옛 시인들의 고귀한 시 정신을 그리워하는 사람들이 적지 않나 보다.

시를 좋아하는 사람들과 함께 있으면 동류의식을 느낄 수 있어서 좋다. 예전에 문인들과 함께 여행을 떠난 적이 있는데 지금도 가끔 그때가 생각난다. 그 여행은 '조선 통신사의 발자취를 찾아서'라는 테마로 문인 백 명이 일본 히로시마 전역을 다니는 코스였다. 나는 30대 중반이었고 어린 아들을 데리고 여행길에 올랐다.

우리 일행은 일본으로 가기 위해 부산에서 배를 탔다. 그렇게 큰 배를 타고 그렇게 멀리 간 것은 처음이었다. 배로 하는 여행의 맛을 잘 몰랐는데 그때 아주 로맨틱한 감상에 빠져들었다. 특히 대한해협을 가로지르던 배에서의 하룻밤을 잊지 못한다.

다른 사람들은 선실에서 파티를 했지만, 나는 혼자 갑판에 나와 있었다. 사람들이 많은 곳보다 조용히 혼자 있을 수 있는 곳을 찾아서 나온 것이다.

하늘에서는 별이 쏟아졌다. 어릴 때 시골 마당에 모깃불을 피워놓고 할머니와 바라보던 별 말고 그렇게 많은 별은 처음이었다. 그날 밤 배에서 바라본 바다도 너무나 매혹적이었다. 칠흑 같은 어둠의 공포에 눈을 뗄 수 없었다. 그것은 무섭고 도망치고 싶은 공포가 아니라 가까이 다가가고 싶은 공포였다. 그래서 더 강한 전율이 느껴졌는지도 모르겠다.

광막한 황야에 달리는 인생아
너의 가는 곳 그 어데냐
쓸쓸한 세상 험악한 고해에
너는 무엇을 찾으려 가느냐

검은 바다를 보면서 나는 그 유명한 윤심덕의 〈사의 찬미〉를 떠올렸다. 일본에서 이 노래를 녹음한 윤심덕이 귀국 중인 배에서 극작가 김우진과 바다에 투신하면서 아주 유명해진 곡이다. 윤심덕은 일본 동경음악학교 출신의 소프라노였고 활발한 신여성이었다. 그런 그가 유부남과의 사랑을 비관해서 동반자살했다니. 비슷한 일이 지금 세상에 일어나도 충격일 텐데, 그때가 1926년이었으니 얼마나 충격이었을까.

그래서인지 윤심덕과 김우진의 죽음에 대해서 무수한 뒷말이 나돌았다. 자살이 아닌 타살이라는 둥, 죽지 않고 이탈리아에 살고 있다는 둥 온갖 풍문이 자자했다고 한다. 보수적인 사회에서 두 사람의 불륜과 죽음이 많은 사람에게 자극을 주었던 것 같다.

"얘 좀 봐. 여기서 뭐 해?"

나는 함께 여행길에 오른 문인들 사이에서 어린 축에 속했다. 선배들이 내가 없다고 한참을 찾아다녔나 보다.

"잠깐 밤바다 구경했어요."

"얼마나 걱정했는지 알아? 없어진 줄 알았잖아."

나중에 전해 듣기로 선배들이 갑판에서 바다를 바라보는 나를 발견했을 때, 그 모습이 너무 위태로워 보였단다. 곧 바다로 뛰어들 것 같은 모습이었다나.

나의 감정 기복과 종잡을 수 없는 기질 때문이었던 것 같다.

아무리 찾아도 보이지 않고 그것도 배에서 사라졌으니 혹시나 한 것이다. 글쓰는 사람들이라서 상상력이 뛰어났던 것 같다.

일본에 도착한 우리 일행은 히로시마부터 여러 도시를, 통신사들이 갔던 길을 따라서 순례했다. 기억에 남는 것은 어느 도시의 관공서 앞에서 자라고 있던 무궁화다. 일본에서 본 우리 국화는 애국심을 자극했다. 한국에서는 그다지 감흥 없이 봤던 꽃인데 일본에서 보니 반갑고 꽃송이가 돋보였다. 작고 허술한 배를 타고 목숨 걸고 일본까지 왔던 조선 통신사들도 애국심 하나로 배에 오르지 않았을까?

그때 나는 또 동주를 생각했다. 식민지 시대에 문학을 공부하겠다고 일본으로 왔던 청년. 일본에서의 좌절, 그리고 조국에서 느낀 절망감. 동주가 시를 쓸 수밖에 없었던 것도 그런 현실을 살아내야 했기 때문이 아닐까. 사람은 누구나 살아가기 위해 반드시 필요한 무엇이 있다. 나와 동주에겐 그것이 시일 것이다.

든든한 친구,
산

자연은 우리에게 많은 가르침을 준다. 가지려고 잡으려고 하지 말고 비우고 놓으라고 한다. 자연과 벗하고 사는 사람들이 욕심이 없는 까닭은 자연이 끊임없이 비우라고 가르치기 때문일 것이다. 비움은 상처를 치유하고 생명력을 갖게 한다. 본연의 모습으로 돌아가게 하는 힘이다. 그래서 훌쩍 떠났다가 돌아오면 홀가분해진다.

안타깝게도 나는 아직 비움의 참맛을 알지 못한다. 완전히 비우고 내려놓는 것을 못하고 있다. 그래도 산에 오르면 내내 그곳에 있고 싶고 모든 것을 내려놓게 된다. 산이 좋은 이유는 비움의 철학을 온몸으로 실감할 수 있기 때문이다. 산은 얼마나 많이 소유했느냐가 아니라 얼마나 많은 것으로부터 자유로운가에 대해서 생각하게 한다. 그래서 나는 산에 오르는 것을 좋아하고 작은 잎사귀 하나, 나무 한 그루, 풀 한 포기가 다 고맙다.

흔히 인생을 등산에 비유한다. 그도 그럴 것이 산을 오르는 것과 인생을 치열하게 사는 것은 서로 닮았다. 산을 오를 때는 내려오는 사람들의 여유가 부럽다. 내려갈 때는 올라오는 사람들을 바라본다.

"얼마 안 남았어요. 힘내세요!"

아직 한참 더 남았는데, 올라오는 사람들에게 정상이 얼마 남지 않은 것처럼 말한다.

"네, 고맙습니다."

그들도 뻔한 거짓말인지 알면서도 웃으며 인사한다. 얼마 안 남았다는 희망을 위안 삼아 지금의 고단함을 견디는 것이다.

나는 힘든 일이 있을 때 산으로 간다. 산을 오르면 생각할 여지가 있다. 중요한 시험을 준비할 때 꼭 암기할 것들, 암기가 잘 안 되는 것들을 들고 산에 올랐다. 몸을 고되게 하면 정신이 맑아지기 때문이다. 실제로 몸을 움직이는 것은 두뇌활동과 연관이 깊다고 한다. 우리가 움직일 때 뇌는 몸을 어떻게 하면 더 효율적으로 움직일지 계속 궁리한다고 한다. 그러면 두뇌활동이 더 활발해지고 창의적인 생각이 샘솟는다.

움직이는 게 좋은 이유는 또 있다. 몸을 혹사하면 잡념이 없어진다. 산에 오르면서 외운 것은 시험장에서도 안 잊어버린다. 산에 오르면서 힘든 시간을 보내면 정상에서 커다란 성취감을 맛볼 수 있다. 인생도 그렇지 않은가?

우울증을 앓거나 사는 낙이 없다고 생각하는 사람들에게 등산으로 하루를 시작해 볼 것을 권한다. 가까운 산, 가파른 산을 힘들게 오르면 하루를 열심히 살아갈 에너지가 충전된다. 이때 여럿이 가는 것보다 혼자 가는 것이 좋다. 방해하는 사람이 없어야 집중해서 깊이 생각하는 시간을 가질 수 있다.

예전에는 멀리 있는 명산을 찾아다녔는데 요즘에는 집 근처에 있는 산에 자주 오른다. 날이 어두워지면 그만 돌아가야 하는데 한번 시작한 일은 끝을 봐야 한다는 생각에 미련하게 정상까지 올라가고야 만다.

우리는 위대한 자연의 철학자인 산으로부터 많은 것을 배워야 한다. 침묵의 덕(德)을 배우고 장엄미를 배우고 조화의 진리(眞理)를 터득하고 진실(眞實)의 정신을 깨닫고 우정(友情)을 알고 또 인간의 한계를 인식해야 한다. 일에 지쳤을 때, 정신이 피곤할 때, 인생의 고독을 느낄 때, 삶이 메말랐을 때, 우리는 산을 찾아가야 한다. 산의 정기, 산의 빛, 산의 침묵, 산의 음성, 산의 향기는 우리에게 새로운 활력소와 생명의 건강성을 되찾아 줄 것이다. 산으로부터 우리는 언제나 인생의 깊은 깨달음을 배울 수가 있

다. 두렵기도 하지만 우리의 친밀한 벗이요, 위대한 자연
의 철학자이기에.

　수필가 조병욱은 〈산의 철학〉에서 산이 좋은 이유를 이렇게
표현했다. 말없이 나의 이야기를 들어주고 생각할 시간을 주
고 답을 내주는 침묵의 철학자가 산인 것 같다. 그래서 나에게
산은 세상의 그 무엇보다도 든든한 친구다.

바람과
떠나는 길

  나는 바람을 닮은 것 같다. 바람은 한곳에 머물지 않는다. 갈 곳이 없어도 길을 떠난다. 그런 바람이 내 가슴에도 불어올 때가 있다. 그럴 때는 얽매여 있는 모든 것을 떠나서 그저 자유로운 영혼이 되고 싶었다. 고단한 낭만이 시작된 것이다. 목적지도 벗도 없이 바람과 친구 되어 길을 떠났다. 내가 혼자 떠나는 여행을 좋아하는 것은 그 여행에서만 느낄 수 있는 즐거움이 있기 때문이다.

  이를테면 여럿이 여행을 하면 일행을 챙겨야 한다. 이 사람은 여길 가고 싶어 하고, 저 사람은 저길 가고 싶다고 하고. 원하는 것도 하고 싶은 것도 제각각이다. 그래서 서로 충돌하지 않도록, 마음이 상하지 않도록 조율해야 한다. 이런 과정에서 에너지 소모가 크다. 여행에 쓸 에너지도 모자라는데 사람에게 에너지를 빼앗기는 것이 아깝다.

또 여럿이 하는 여행에서는 혼자일 때처럼 낯선 곳을 흠뻑 흡수할 수가 없다. 익숙한 사람들, 관계가 돈독한 사람들과 함께하면 낯선 풍경과 나 사이에 얇은 보호막이 생겨버린다. 그러면 안전하다는 장점은 있지만 풍경을 오롯이 느끼기는 어렵다.

일행들과 여행을 하면 먹는 것에 과도하게 열을 올리게 된다. 반드시 맛집을 찾아가야 하고, 끼니를 건너 띄려고 하면 배고프다고 아우성인 사람이 있고, 저녁에는 여행 기분낸다고 술을 마시려고 한다. 여행지에서 그 지역의 맛있는 음식을 먹고 즐기는 것도 좋지만 어떨 때는 이런 것들이 너무 소모적이다.

혼자 여행을 다니면 이 모든 것에서 해방된다. 가고 싶은 곳에 가고, 먹고 싶을 때 먹을 수 있다. 먹고 싶지 않으면 안 먹어도 되고, 갑자기 배가 고프면 길거리 음식으로 요기만 해도 좋다. 그리고 무엇보다 여행지의 풍경과 현지인들과 교감할 수 있다.

결혼 전에는 심심찮게 나 홀로 여행을 즐겼다. 그때마다 현지인들에게 이런 소리를 들었다.

"말만 한 기집아가 이래 혼자 댕기나?"

바닷가에서 작은 식당을 하는 아주머니는 다짜고짜 타박하신다. 어서 시집가서 남편이랑 다니라고 잔소리를 늘어놓는

다. 걱정돼서 하는 말씀이지만 우습기도 하고 살짝 귀찮을 때도 있다.

요즘은 힐링 코드가 유행하면서 혼자 여행 다니는 여성이 많아졌지만, 30여 년 전만 해도 그런 일은 드물었다. 나는 아주머니의 잔소리가 무색하게, 결혼 후에도 나 홀로 여행을 멈추지 않았다. 방랑 기질이 있는 나는 갑자기 떠나고 싶은 충동을 느낀다. 그 충동은 너무 강렬해서 잠깐 참으면 잠잠해지는 그런 성질의 것이 아니다. 정신을 차리고 보면 이미 고속버스 터미널에 와 있다.

억수 같은 비가 쏟아지던 여름이었다.

고속버스를 잡아타고 무작정 떠났다. 비가 쏟아지는 고속도로를 한참 달렸다. 도착해서 보니 속리산이었다. 비에 젖은 산과 안개에 쌓인 풍광이 너무나 아름다웠다. 우비를 하나 사서 입고 빗속에서 산을 올랐다. 숲의 정령, 내가 알지 못하는 미지의 존재가 홀연히 나타날 것만 같았다. 이런 신비한 분위기를 도시에서는 절대로 느낄 수 없다.

겨울에는 눈이 엄청나게 많이 오는 강원도로 갔다. 눈 쌓이는 속도가 무서울 정도로 폭설이 내린 적이 있다. 눈이 많이 오는 것도 재해라는 것을 그때 알았다. 도시에서는 눈이 오면 낭만을 느끼지만 그곳에서는 공포를 느꼈다. 어느 때는 배를 타고 오륙도에 들어가서 혼자 돌아다니기도 했다.

이런 재미와 느낌은 떠도는 것을 좋아하는 사람만의 것이다. 사실 떠도는 게 마냥 좋지만은 않다. 그야말로 고단한 낭만이다. 그런데 이런 낭만이 너무나 간절할 때가 있다. 머물면 떠나고 싶고, 떠나면 일상이 그리워 다시 돌아온다. 이것 말고도 자꾸만 훌쩍 떠나게 되는 이유는 혼자 생각할 시간이 필요하기 때문이다. 도저히 답이 나오지 않는 문제가 있을 때 떠나면 많은 생각을 할 수 있다. 그리고 그 길에서 대부분 답을 얻어서 돌아오곤 한다.

지금은 그 강렬했던 열정이 많이 사라진 것도 같다. 하지만 바람이 잠잠해지다가 다시 불어오듯 내 안에 있던 바람은 다시 불 것이다. 예전처럼 크고 강한 바람이 아니라, 잔잔하고 따스한 바람으로 그 성격이 조금 달라졌을 뿐이다. 잔잔한 바람이 나에게 떠나자고 속삭이면 나는 언제든 떠날 것이다. 바람과 친구가 되어 어디로든 망설이지 않고.

오래된 것의
향기

"예뻐야 해. 무조건 예쁜 게 좋아."

복수를 위해서 권총을 준비하면서 예쁜 장식을 달아달라고 부탁하던 영화 〈친절한 금자씨〉의 금자처럼 나도 예쁜 것을 무척 좋아했다. 남들은 기능을 중요하게 생각하는 물건도 나는 예쁜지, 안 예쁜지 디자인을 먼저 본다. 그리고 디자인이 예쁘다는 이유로 값에 연연하지 않고 비용을 치르는 편이다. 예쁜 값이라고 생각하면 돈이 아깝지 않았다. 그러나 지금은 예쁜 것도 좋지만 익숙하고 편안하고 오래된 낡음의 흔적을 좋아한다. 고풍스러운 물건에 자꾸 눈길이 간다.

새것보다 낡은 것, 빈티지한 느낌이 좋다. 새 물건은 어색하다. 공장에서 찍어내서 상점에 켜켜이 쌓여 있는 물건을 보면 아무런 감흥이 없다. 그런 물건에는 온기가 없다. 오래된 것은 일단 희귀해서 좋다. 똑같은 물건을 찾으려야 찾을 수 없어서 손에 넣으면 세상에 단 하나뿐인 나만의 것이 된다. 그런 물건은 오랜 세월 손때가 묻고 길이 들어서 그 자체로 자연스러운 멋이 느껴진다. 어디에 두어도 존재감이 뚜렷하다. 게다가 상상할 여지가 있어서 좋다.

이 물건을 처음 만든 사람은 누구일까? 누가 이 물건의 주인이었을까? 언제 만들어져서 어디로 팔리고 어디를 돌아다녔을까? 이 물건은 어떤 사연을 간직하고 있을까? 내가 몇 번째 주인일까? 물건 하나로 여러 갈래의 스토리를 생각해 낼 수 있는 여지와 여백이 너무나 좋다.

나의 앤티크한 취향은 가구와 그릇을 모으는 취미로 발전했다. 가구와 그릇을 보면 우리 집에 어울릴지, 주방에 어울릴지, 주인인 나와 잘 맞을지 안 맞을지, 길이 잘 들었는지 아닌지를 알 수 있다. 좋아하는 사람에게 끌리듯이 강렬하게 끌리는 물건이 있다. 그럴 때는 무리를 해서라도 꼭 사게 된다. 이렇게 산 물건은 절대로 후회가 없다. 평생 간직하면서 내 생활에 맞게 길들이는 재미가 있다.

가구나 그릇 말고도 모으는 것이 하나 더 있는데 바로 옛날 화폐다. 옛날 지폐와 동전을 모으고 88올림픽 기념주화도 갖

고 있다. 올림픽이 열리던 해 나는 스물한 살이었는데 그 시절
의 추억을 간직할 생각으로 하나씩 사 모았다. 이건 내가 생각
해도 흔치 않은 특별한 취미인 것 같다. 옛날 화폐를 모으는 이
유는 화폐가 지닌 추억 때문이다. 그 낭만이, 그 시절이 좋다.

　내가 어릴 때만 해도 백 원 권 지폐가 있었다. 그때 백 원은
굉장히 큰돈이었다. 오 원짜리 동전도, 십 원짜리 동전도 귀했
던 시절이었다. 동전으로 불량식품 과자를 사 먹을 수 있었다.
어쩌다가 동전 하나 얻게 되면 그렇게 설렐 수가 없었다. 한번
은 서울에서 내려온 멋쟁이 고모가 오백 원 지폐를 준 적이 있

다. 지폐를 가져보는 게 소원이었던 나는 뛸 듯이 기뻤다. 그 돈으로 뭔가를 사는 것보다 무엇을 살 수 있을까, 뭘 살까를 상상하면서 간직하는 게 더 좋았다. 내가 마치 큰 부자라도 된 느낌이었다. 그 아까운 돈은 세월의 유혹을 견디며 아직도 빛 바랜 책갈피 속에서 꿈같은 시절의 사연을 간직하고 있다.

손주 며느리 중에서 유독 나를 예뻐하셨던 시할머니도 옛날 돈을 가지고 계셨다. 돈이 너무나 귀해서 지금은 쓸 수도 없는 옛날 돈을 모아둔 것이다. 시할머니가 시렁 위에 모셔둔 옛날 돈 을 꺼내 보여 주셨을 때 나도 모르게 두 눈이 반짝반짝 빛났다.

"할머니, 이거 저 주시면 안 돼요? 제가 잘 보관해서 아이들 에게 물려줄게요."

"이건 이제 쓰지도 못한다."

이 말씀을 하시면서도 할머니는 흔쾌히 내주셨다.

화폐 모으는 습관은 여전히 계속되고 있다. 만 원, 오천 원 지폐도 연도별로 다 모아두었다. 문제는 이 지폐를 알뜰하게 챙기지 못한다는 것이다. 특히 지폐는 동전보다 더 잘 잃어버 린다. 이사하면서 책에 꽂아둔 외국 지폐를 몽땅 잃어버린 일 도 있다. 지금은 잃어버리지 않으려고 이사할 때는 각별히 신 경 써서 챙기고 나만의 장소에 보관한다.

나는 옷도 자연스러운 멋이 있고 시간의 흐름이 드러나는 것 이 좋다. 그리고 가죽옷이 잘 어울린다는 소리를 많이 들었다.

가죽은 냄새, 은은한 광택, 부드러운 촉감, 입는 사람의 체형에 맞게 길이 드는 성질이 있다.

나이가 들면서 '예쁘다'는 말보다 '매력 있다', '멋지다'라는 말을 들으면 기분이 좋다. 세월의 아름다움을 간직한 앤티크 소품처럼 자연스럽게, 멋스럽게 나이 들고 싶다. 한눈에 보아서 예쁜 것보다 오래 두고 보아도 질리지 않고 친근해지는 맛, 이제 그 맛과 멋을 아는 나이가 되었나 보다.

첫눈에 예뻐 보이는 것보다 볼수록 예쁜 얼굴이 최고가 아닐까. 자꾸 볼수록 예쁜 것, 여러 번 봐도 예쁜 것이 좋다. 요즘 세대는 한눈에 아름답고 시선을 끄는 것에 열광한다. 자꾸 보고, 오래 바라볼 마음의 여유가 없어서인 것 같다. 그런 까닭에 지금 당장 예쁘지 않은 것도 애정을 갖고 오래 바라보려고 한다. 보고 또 보면 어느 순간 아름다움이 반짝이는 기적이 찾아올 테니까.

음악은
권태기가 없다

요즘은 미래를 꿈꾸기보다는 지나간 날을 돌아보는 데 시간을 할애하고 있다. 나이가 들었기 때문일까? 나에게는 과거로의 여행을 언제나 함께하는 친구가 있다. 바로 음악이다. 음악에는 시간을 거슬러 갈 수 있는, 시간의 숨결을 느낄 수 있는 특별한 힘이 있다. 그래서 음악과 함께하는 여정은 달콤하기도 하고 행복하기도 하고 아프기도 하다. 그 여행의 끝에서 나는 젊었던 나를 만나곤 한다. 나이가 들수록 순수했던 그 시절의 나를 만나고 싶다.

아주 어릴 때부터 내 삶의 부분마다 음악이 있었다. 음악에 대해 아는 게 없었던 시절에도 음악은 큰 자리를 차지했다.

〈아람브라 궁전의 추억〉을 들을 때마다 나는 생각했다

저 음악을 어디서 들었을까? 아련한 기억 저편 뭔가 생각이 날듯말듯 떠오르지 않았다. 그 궁금증은 삼십 년 후에 풀렸다. 그 순간 얼마나 기쁘던지 오랜 시간의 답답함이 사라지는 희열의 순간이었다. 〈아람브라 궁전의 추억〉은 바로 텔레비전 화면 조정 시간의 배경 음악이었다.

내가 초등학교에 다닐 무렵 마을에 처음 텔레비전이 들어왔는데 바로 우리 할아버지 댁이었다. 나는 동네 친구들의 부러움의 대상이었고 괜히 우쭐해 했던 기억이 난다. 저녁 6시면 어른 아이 할 것 없이 모두 텔리비전 앞에 나란히 앉아서 방송이 시작되기만을 기다렸다. 텔레비전을 켜놓고 한 시간씩 기다리면서 들었던 그 곡은 지금 들어도 기타의 아름다운 선율만큼이나 아련한 감정이 고스란히 전해진다. 지금도 가끔 은은한 불빛에 눈을 감고 와인 한잔과 함께 즐겨 듣곤 한다.

그 밖에도 영화 〈가을의 전설〉, 〈라스트 콘서트〉, 〈시네마 천국〉의 오리지널 사운드 트랙, 퀸의 〈보헤미안 랩소디〉 등, 음악 다방에서 신청곡으로 즐겨 들었던 이글스의 〈호텔 캘리포니아〉를 비롯해 십대 때 듣던 올드팝과 영화음악을 좋아한다. 올드팝에 푹 빠졌을 때는 비틀즈 노래 가사를 전부 외워서 따라 부르기도 했다.

한번은 무척이나 차가 많이 막히는 강변북로 위였다. 제시간에 도착하는 것을 포기해 버리자 교통체증도 그리 짜증스럽지 않아졌고 그제야 틀어놓았던 음악이 귀에 들어 왔다. 노을이 짙게 깔리는 저물녘 햇빛에 한강은 근사하게 반짝거렸고, 때 마침 흘러나온 곡은 게오르게 잠피르의 펜플룻 연주곡 〈고독한 양치기〉였다. 이 곡은 이리저리 부딪히다 사그라지는 메아리의 잔향 같은 울림이 있다. 듣고 있으면 뭔가가 그리워지고 애틋해진다. 광활한 자연의 아름다움 앞에 숙연할 수밖에 없는 고독한 양치기의 삶이 연상된다. 음악을 감상하면서 코끝이 시큰해지고 마음이 따뜻해졌다.

음악은 평생 친구이지만 신기하게도 권태기가 없다. 언제 들어도 설레게 하는 힘이 있다. 그런 면에서 일이나 사람, 사업과는 다르다. 음악은 내 삶의 일부이고 음악이 없으면 나도 없다.

그런데 음악과 함께하는 시간여행이 언제나 행복한 것만은 아니다. 추억은 응당 아름다워야 하지만 내 추억들은 그렇지 못한 것도 많다. 아름다움과 거리가 먼 추억 속에 항상 조용필의 히트곡이 흐르고 있다.

스무 살 무렵 재단 공장 기숙사에서 살 때, 당시 최고의 인기 가수는 조용필이었다. 당시에 나는 어려운 가정 형편 때문에 언니와 함께 공장에서 일했다. 재단 공장 사람들은 밀폐된 공간에서 고된 일을 하면서 음악으로 고단함을 달랬다. 음악은 무척 공평하다. 삶의 기회를 누리는 아이들도, 그렇지 못한 아이들도 같은 가수를 좋아했다. 음악이 모두의 삶을 달래준 것이다.

언제 벗어날 수 있을지 기약 없는 생활. 더구나 꼼꼼함을 요하는 재단 일은 도통 나의 성향과는 맞지 않았다. 나는 선이 굵은 타입이어서 어려운 일은 척척 해냈지만, 섬세함과 정밀함이 요구되는 일은 잘하지 못한다. 게다가 활동적인 내가 온종일 같은 자리에 앉아 있는 것도 좀이 쑤셔서 견딜 수 없었다.

그때 어디선가 들려왔던 노래가 조용필의 〈킬리만자로의 표범〉이다. 짐승의 썩은 고기만을 찾아 떠도는 하이에나. 하이에나가 아니라 표범이고 싶다는 시적인 가사가 심금을 울렸다. 이 노래를 들으면서 암울한 현실에서 벗어나 성공하겠다는 의지를 다졌다. 지금의 생활이 내 삶이 되게 하지 말아야지, 하이에나가 아니라 표범이 되어서 넓은 세상으로 나가야지 하고 다짐하면서.

인순이의 〈거위의 꿈〉도 비슷한 이유로 좋아한다. 이 노래 가사는 꼭 내 이야기 같다. 절망은 익숙하고 희망은 낯설다고 했던가. 그래도 희망은 반드시 필요하다. 희망만이 벗어나고 싶은 현실을 바꿀 수 있기 때문이다.

음악을 좋아하고 즐기는 것은 타고난 것 같다. 남동생이 연주자 겸 가수인 것을 보면 우리 집안의 음악 유전자가 나에게도 흐르는 것 같다.

가끔 아버지가 다니시는 교회에 초정되어 가족 연주회를 했다. 평소 사물놀이를 즐겨 하시는 아버지는 장구로, 우리 형제 자매는 기타와 바이올린 등의 현대 악기로, 연주하며 찬양을 불러 많은 관객의 환호와 찬사를 받았다. 색다른 퓨전 음악이 라며 많은 사람이 좋아해 주었다. 일전에 스피치 훈련을 받으 러 다닌 적이 있는데, 스피치를 준비하지 못 했을 때에는 노래 부르는 것으로 대신했다. 그 덕분에 스타 아닌 스타가 된 적도 있다.

나는 조용히 음악 듣는 것을 좋아한다. 음악을 들으며 운전 하는 것이 나의 오래된 취미이다. 좋아하는 음악만 있으면 어 디든 갈 수 있다. 가서 좋은 곳이 있으면 차를 세우고 음악을 듣는다.

이런 취미가 점점 더 발전해서 가끔은 전율을 즐기기도 한 다. 한 번은 차가 거의 없는 인천대교를 질주한 적도 있다. 그 전까지는 클래식이나 잔잔한 음악을 좋아했는데 그날은 평소 와 다르게 라디오에서 메탈이 흘러나왔다. 달빛과 강렬한 음 향의 조합. 그리고 속도, 말로 다 표현할 수 없는 해방감을 느 꼈다.

음악과 속력이 결합했을 때 맛볼 수 있는 짜릿함은 경험해 본 사람만이 아는 즐거움이다. '나는 나를 파괴할 권리가 있 다'는 말로 유명한 프랑스의 소설가 프랑스아즈 사강은 속도 광으로 유명하다. 그녀는 교통사고로 크게 다치고 팬들에게 비난을 받으면서도 속도에 집착했다. 사강은 운전대에 앉아 속력 내는 것을 '모의 죽음'이라고 했다.

날이 좋은 날, 선선한 바람이 불고 땅거미가 내려앉으면 밖으로 나가고 싶어진다. 나를 추억으로 이끌어주는 음악, 과거의 시간으로 데려다주는 음악을 들으면서 드라이브 하고 싶다. 암울했던 시간, 행복했던 시간의 추억 속을 여행하고 싶다.

바다는 비에
젖지 않는다

지난여름 장마 때 우산이 소용없을 만큼 많은 비에 흠뻑 젖었던 그 자리에 또 서 있다.

"바다는 비에 젖지 않는다."

어니스트 헤밍웨이의 소설 《노인과 바다》에 나오는 한 구절이다. 바다는 이미 충분히 젖어 있으므로 비를 두려워하지 않는다는 뜻일까. 수많은 시련 속에서, 때로는 거친 삶의 폭풍속에서 우리는 바다와 같은 사람이 되기를 얼마나 바랐던가. 세상의 모든 냇물과 세상의 모든 강물을 다 품어도 넘치지 않는 바다처럼, 온갖 것을 다 품어도 모자람 없는 바다처럼, 그렇게 가슴에서 언제나 바다 내음이 날 것 같은 한 사람을 곁에 둘 수 있다면 좋겠다.

　사람이 살아가면서 해야 할 일과 해서는 안 되는 일이 있다. 요즘은 이것을 가려내고 행동한다는 것이 어려운 일인 것 같다. 하지만 그렇다고 해도 나는 항상 슈타니파타의 글처럼 살고 싶다.

　　소리에 놀라지 않는 사자처럼,
　　그물에 걸리지 않는 바람처럼,
　　진흙에서 꽃피우는 연꽃처럼,
　　무쏘의 뿔처럼 혼자서 가라.

　깜냥과 능력이 부족해도 언제나 이 글처럼 살고자 노력한다. 많은 고민 속에 잠 못 드는 날이면 내게 주어진 시간을 공부와 문학과 사업에 정진하며 예쁘게 살자고 다짐한다.

　나는 감정의 폭이 크고 에너지 이동도 많은 사람이다. 행복과 즐거움 같은 긍정적인 감정과 외로움과 아픔 같이 부정적인 감정을 모두 크게 느낀다. 감정 기복도 있고 언제나 변화무쌍하다. 한때 나는 이성적으로 살려고, 사고하려고 노력을 많이 했다. 나 말고도 많은 사람이 이성적이 되려고 애쓸 것이다. 그런데 일상에서 중요한 결정은 이성과 상관없이 이루어지는 경우가 많은 것 같다. 인간은 이성적·감정적·합리적이고자 하지만 비합리적인 존재다.

나의 외로움은 어디서 오는가? 곰곰이 생각해 보면 연약한 면과 실제적인 면을 제대로 보지 못하기 때문인 것 같다. 그동안 잘 포장해서 만들어진 나를 보여 주고 자신도 그런 모습을 좋아했던 건 아닌지 돌이켜본다. 특히 사업을 시작한 후에는 보여 주기 위해 대외적인 모습에 많이 집착했다. 사업에서는 내가 모든 일의 결정권자다. 그래서 외로울 때가 있다. 어떤 결정과 그에 따른 책임이 모두 내 몫이기 때문에, 어떤 상황에서도 다른 사람에게 약한 모습을 보이지 않고 강하게 보여야 했다. 이런 모습과 진짜 나 사이에 좁힐 수 없는 괴리가 있다.

이런 생각을 하면 감당할 수 없는 슬픔과 우울함이 밀려온다. 결국에는 아무것도 이룰 수 없고, 얻을 수도 없고 결국 혼자라는 생각이 든다. 집에서 불도 켜지 않고 혼자 울 때가 있다. 집 밖으로 나가지도 않고 먹지도 않는다. 휴대전화가 아무리 울려도 받지 않는다. 걱정하는 사람들이 있지만 거기까지 신경 쓸 여력이 없다. 몇 달 전에도 이런 나와 마주했었다.

가끔 내 운명에 대해서 생각한다. 비가 오면 물방울은 지상의 모든 곳에 가리지 않고 떨어진다. 지저분한 곳이나 위험한 곳, 어두운 곳으로 어디든 떨어질 수 있다. 나는 험한 곳에 떨

인생은 빗물처럼 내가 선택할 수 없다.

어지는 운명을 타고난 것 같다. 이렇게 생각하면 내 삶의 어두운 부분도 긍정할 수 있다.

인생은 빗물처럼 내가 선택할 수 없다. 지금 하는 일을 좋아하고 다른 사람을 행복하게 해줄 수 있다면 무엇을 더 바라겠는가. 나는 돈을 좋아하지만 어린이집이나 다른 사업을 할 때도 돈을 목표로 하지는 않았다.

돈은 중요한 문제지만 결코 전부는 될 수 없다. 굳이 손익을 계산하지 않아도 열정적으로 매달리면 그 일로 돈을 벌 수 있다는 것이 내 지론이다. 중요한 것은 내가 잘할 수 있는 일인가, 좋아하는 일인가 하는 것이다.

　마지막으로 바라는 것은 소중한 사람들과 일을 통해서 내 삶의 어둠을 조금씩 밀어내는 것이다. 크게 울고 나면 언젠가 나도 말갛게 씻긴 얼굴로 한 줄기 빛과 마주할 수 있지 않을까. 아직은 그것이 잘 안 돼서 비틀거리기도 하지만 단단한 땅을 딛고 설 그때를 기다린다.

노트르담의
낮과 밤

남편이 건강할 때 온 가족이 유럽을 여행한 적이 있다. 우리는 이탈리아와 영국, 스위스, 프랑스의 여러 도시를 둘러봤다. 영화 〈로마의 휴일〉의 배경이 된 장소를 비롯해 로마, 런던, 파리의 명소들을 돌았다. 베네치아. 카프리 섬, 폼페이가 지금도 기억에 많이 남는다. 비발디가 태어난 베네치아도 인상적이었다.

몇백 년 동안 만든 유럽의 건축물을 보자 가슴이 뛰었다. 그 많은 건축물 중에서 노트르담 성당은 압권이었다.

여행하다 보면 더 머무르고 싶은 생각이 드는 장소가 있다. 바로 파리가 그런 곳이다. 실제 파리는 서울의 육분의 일 정도의 크기라고 한다. 강남구보다 조금 더 넓은 정도이니 생각보다 작다. 이 작은 도시 파리에 수많은 유적과 유물이 있고 밤

낮으로 같지만 다른, 새로운 모습으로 볼거리가 풍부하다. 문화적으로 큰 도시다. 그 공간에서 보이는 것들, 스쳐 지나가는 것들이 너무 많아서 작은 도시라는 생각이 들지 않는다.

센 강 중앙에 있는 시테 섬은 파리의 시작이자 중심이다. 프랑스의 중심이라고 부르기도 한다. 국회의사당과 방송국이 모여 있는 우리나라의 여의도처럼 법원과 경찰청 같은 시설들이 집중되어 있다. 이곳에 그 유명한 노트르담 대성당이 있다.

우리 일행은 유람선을 타고 센 강을 가로질러서 밤의 노트르담을 구경했다. 밤에 그곳을 찾은 것은 크나큰 행운이었다. 낮에 보아도 아름답겠지만 밤처럼 아름답진 않을 것 같다.

노트르담 대성당이 배경으로 등장하는 빅토르 위고의 《노트르담 드 파리》를 기억하는가? 우리나라에서는 '노트르담의 꼽추'로 알려져 있다. 나는 이 작품을 안소니 퀸이 주연한 영화로 처음 접했다. '노트르담의 꼽추'로 유명해진 이 소설을 수많은 독자들은 콰지모도와 에스메랄다의 애절한 사랑 이야기로 알고 있다. 물론 흉측한 콰지모도와 미녀 에스메랄다의 사랑 이야기도 아주 흥미롭다. 하지만 《노트르담 드 파리》는 단순한 러브스토리가 아니다. 추함과 아름다움, 선과 악, 종교적 헌신과 시인의 고뇌, 민중의 삶과 저항과 같은 다양한 주제를 아우르는 심오한 작품이다. 빅토르 위고는 이 작품의 제목을 왜 '노트르담 드 파리'라고 했을까? 그건 아마도 작품의 진정한 주인공이 콰지모도도 에스메랄다도 아닌 노트르담 성당이기 때문일 것이다. 대문호에게 영감을 안겨준 노트르담의 성당을 직접 보면서 '이래서 그 위대한 작품이 탄생했구나!' 하고 감탄할 수밖에 없었다.

《노트르담의 꼽추》에서 종지기 콰지모도가 살았던 곳. 노트르담 대성당 앞에 서자 알 수 없는 감동이 밀려왔다. 고딕 양식의 건물은 단단해 보였고 위엄이 가득했다. 어린 시절부터 막연히 불렀던, 그래서 더욱 익숙한 노트르담 앞에서 그 이름을 마주하고 있다는 사실이 신기했다. 유치하지만, 비로소 파리에 와 있다는 생각이 들었다.

이곳은 나폴레옹 황제 대관식이 열린 곳으로도 유명하다. 문득, 루브르 박물관에서 보았던 200여 년 전 이곳에서 거행되었던 나폴레옹의 황제 대관식 장면이 떠오른다. 루브르와 베르사유에 남아 있는 다비드의 대작으로 기억되는 그 장면이다. 스스로 자신의 머리 위에 황제의 관을 올리고, 아내 조세핀에게 황후의 관을 씌우던 호기롭고 도발적인 장면. 넓은 성당 안을 가득 채웠을 인파를 상상해 본다. 천하를 호령하고 신조차 두려워하지 않았던 그도 십 년 후에는 맥없이 무너지고 역사의 뒤안길로 사라져야 했으니 인간의 삶이란 얼마나 여리고 부서지기 쉬운 것인가. 알 수 없는 자신의 운명과 불안한 삶을 위해 얼마나 많은 이들이 이곳에 와서 무릎을 꿇었을까.

아이들에게 이곳을 직접 보여 줄 수 있다는 사실이 감격스러웠다. 내가 그리스도인이라서 이곳을 특별하게 여기는 것은 아니다. 종교를 떠나서, 혹은 종교가 없는 사람이 봐도 이곳의 예술성과 웅장함은 매료되기에 충분하다. 예를 들어서 굳이 불교 신자가 아니어도 조용한 산사에 가면 마음이 고요해지지 않는가. 이것과 같은 이치다. 조용히 내려앉은 어둠과 성당의 아름다움이 나를 다른 세계로 인도했다. 현실에 있는 것이 아니라 꿈속을 거니는 것 같은 기분이었다. 점점 멀어져가는 성당을 뒤로 돌아보자 성당의 자태가 황홀했다.

건축물이 단순히 사람이 머무는 공간으로서 실용적인 역할만 했다면 건축학은 이렇게까지 발전하지 않았을 것이다. 나는 인간이 건축물에 영혼을 담는다고 생각한다. 그래서 수백, 수천 년간 후대에 영혼을 계승하는 것이 건축물의 진짜 용도일 것이다. 건물은 인간의 정신과 영혼을 담는 그릇이고 그래서 건축은 매력적이다. 우리의 여행은 함께 시간을 보내는 힐링 여행이자, 앞으로 더 예쁜 집을 짓기 위해서 떠나온 건축 여행이 되었다.

건축물뿐만 아니라 파리에서 사람 구경도 많이 했는데 유럽에서는 사람들이 나이를 잊고 사는 것 같다. 나이 들어서도 멋을 부린 사람들이 많았다. 남의 시선 따위는 신경 쓰지 않고 저마다 개성을 추구한다. 유럽의 나이든 멋쟁이들은 젊은 멋쟁이보다 더 멋있다. 그들은 자기에게 어울리는 멋이 무엇인지 잘 알고 있는 듯했다.

어느덧 오후 9시, 자연 빛은 어둠에 흡수되어 가고 센 강은 어두워지기 시작한다. 파리의 역사가 펼쳐져 있는 센 강변의 어두움이 너무 맑다. 맑은 어둠이 파리에 내려앉는다. 그리고 상상하기 어려운 맑고 따뜻한 빛들이 낮에 본 파리의 아름다운 건물들을 한층 더 깊게 색을 입힌다. 건물들과 빛의 조화가 숨막히게 한다. 그 모든 순간이 어떤 화면으로도, 사진으로도 표현불가하다. 공기와 빛의 조화, 지금도 그 특별한 감동이 생생하다.

센 강 유람선에서 에펠 탑을 바라보았다. 어둠과 빛의 조화가 최고인 밤 10시면 에펠 탑은 황금색으로 깜박이는 화려한 쇼를 한다. 프랑스의 삼색기 파랑, 흰색, 빨강으로 탑을 색칠한다. 어떻게 저런 색을 표현할까? 삼색기와 에펠 탑의 빛과 비율은 아름다움의 최고 한계까지 표현한 듯하다. 빨강, 파랑, 그리고 흰색 느낌만으로 간직할 수밖에 없다. 순간을 담고 싶은 욕심과 절대 이 순간을 담지는 못한다는 체념에 마음만 허해진다. 정신을 차리고 욕심을 버리고 그 시간을 가족들과 즐기고 싶어 의자에 앉았다.

주변을 둘러보니 아이들은 보이지 않고 남편이 내 곁으로 왔다. 바짝 다가와서 바람막이 잠바를 벗더니 어깨를 감싸준다.

사진 촬영하는 데 정신을 뺏겨서 밤공기가 차가워진 것도 잊고 있었다. 보슬비 내린 강바람은 살짝 서늘했고, 말없이 건넨 준 남편 옷에 남아 있는 체온은 따듯했다. 여행 내내 아이들과 함께였다. 남편과 오붓하게 보낸 시간은 그때가 유일했다. 우리는 센 강 유람선에서 나란히 앉아 강변의 야경을 감상했다. 그때는 몰랐다. 그 순간이 내 인생 어느 순간보다 행복하고 다시 오지 않을 아름답고 아픈 추억임을. 센 강 건너편으로 결혼식 모습, 맥주를 마시며 노래 부르는 젊은이들의 모습이 보인다. 파리는 자유와 낭만이 도시를 가득 채운다. 저녁노을과 함께 노트르담 대성당의 뒷모습이 점점 멀어져 가고 있었다. 그 옆으로 센 강 다리의 실루엣이 저녁 풍경을 그려내고 있었다. 정말 행복한 풍광이다.

'내일 세상의 종말이 와도 오늘은 이처럼 아름답구나. 생의 행복은 내일이 아닌 바로 이 순간에 있구나!'

센 강 어디에나 연인들의 달콤한 속삭임이 있었다. 그 속삭임처럼 지금 이 순간을 사랑하지 않으면, 오늘 이 세상의 아름다움을 마음에 담지 못한다면, 행복한 인생이라고 할 수 없으리라. 바로 오늘이 아니라 내일 사랑한다고 말할 수 없으리라. 바로 지금이 아니라면 이 순간 또한 지나가고 없으리라.

인생을
다시 산다면

동물보호가라는 직업에 관심을 가진 것은 조이 애덤슨 때문이다. 1956년, 조이 애덤슨의 남편 조지 애덤슨은 케냐 야생동물 보호구역 감시원이었다. 그는 사나운 암사자 한 마리를 총으로 사살했다. 죽은 암사자에게는 새끼 세 마리가 있었는데 그중에 한 마리를 아내 조이가 키우게 되었다.

조이는 새끼 사자에게 엘자라는 이름을 지어 주었다. 엘자는 부부의 손에 길러지면서 야생으로 돌아가기 위한 훈련을 받았다. 그리고 다시 자연으로 돌아갔다. 조이는 이때의 경험을 책으로 썼다. 《본 프리(Born Free)》라는 제목으로 출간된 이 책은 세계적인 베스트셀러가 되었고 영화로도 만들어졌다. 이들의 감동 스토리는 생명에 대해서 다시 생각하게 되는 계기가 되었다. 엘자는 야생으로 돌아간 이후에도 새끼들을 데리고 조이 애덤슨 부부를 찾아왔다고 한다. 우리는 동물을 인간보다 열등하다고 생각하지만, 진정으로 사랑하고 존중하면 인간과 동물도 소통하고 감정을 나눌 수 있다.

나는 강아지와 오래도록 교감했다. 인간의 오랜 친구인 개. 그런데 인간과 개의 시간은 흘러가는 속도가 다르다고 한다. 인간과 개가 똑같이 한 시간을 기다려도 인간에게는 한 시간이지만 개에게는 9시간이라고 한다. 인간보다 수명이 짧은 개의 시간은 인간의 시간보다 아홉 배나 빠르게 흘러가는 것이다.

개는 주인 없는 시간을 주인만 기다리면서 보내는데 동물도 우울하면 사람처럼 우울증을 앓는다. 그래서 혼자 긴 시간을 보내면 나중에 이상행동을 보이기도 한다. 말을 못 한다고 해서 감정조차 느끼지 못하는 것은 아니다. 동물도 사람처럼 버려졌다는 생각을 하거나 너무 외로워지면 망가질 수 있다.

워낙에 동물을 좋아하기 때문에 나는 어쩌다가 텔레비전을 봐도 드라마보다 〈동물농장〉 같은 프로그램이나 동물 다큐멘터리를 본다. 가끔 자신을 버리고 떠난 주인을 하염없이 기다리는 반려견들이 출연하는데 그 장면을 보면 너무 슬퍼서 저절로 눈물이 난다.

언어를 쓰고 지능이 높다고 해서 인간이 동물보다 우월한 것은 아니다. 인간은 오만한 생각으로 동물을 학대하고 이용한다. 왜 동물이나 식물도 고귀한 생명이 있고 살기를 좋아하고 죽기를 두려워한다는 것을 인정하지 못하는 걸까?

물질 때문에 동물도 공장에서 찍어내듯 하고, 좁은 공간에 가두어 사육하고 고기와 우유를 얻어내는 것을 보면 인간의 잔인함에 놀라지 않을 수 없다. 어쩌다가 조류인플루엔자나 구제역이 발병해서 살아 있는 동물 수십만 마리를 땅속에 묻는 것을 보면 착잡하기 그지없다. 우유와 고기, 가죽을 얻는 일 자체를 비난하는 것이 아니다. 생명을 유지하려면 먹이사슬에 따라서 다른 동물을 취할 수 있다. 그런데 그 방식이 너무나 비인간적이고 생명윤리에서 크게 벗어난다면 다른 대안을 찾아야 하지 않을까?

인간의 즐거움 때문에 희생당하는 동물들도 가엾다. 몇 년 전에 쇼를 위해서 갇혀 지내면서 학대받는 돌고래에 관한 다큐멘터리 영화를 본 적이 있다. 돌고래는 상당히 영리해서 6세 어린아이 정도의 지능이 있고 사람을 좋아하고 따른다. 어쩌다가 바다에서 잠수부들을 만나도 해치기는커녕 장난을 치고 함께 놀고 싶어 할 정도로 해맑고 호기심도 많다.

자유를 좋아하는 돌고래를, 하루에 수십 킬로미터를 넘게 헤엄치는 것이 본능인 돌고래를 가둬놓고 돈벌이에 이용하는 인간의 이기심은 얼마나 악랄한가? 미국에서 가장 크게 성공한 돌고래 쇼 업체인 시월드의 돌고래가 최근에 죽으면서 지켜보는 이들의 안타까움을 자아냈다. 돌고래도 갇혀서 원하지 않는 훈련을 받으면 스트레스가 쌓여서 이상행동을 한다. 죽은 돌고래도 생전에 사육사를 공격한 적이 있다고 한다.

동물에 대한 각별한 애정이 이런 생각을 하게 한다. 만약 다시 인생을 산다면 어떤 직업을 가질까? 아마도 억압당하고 학대받는 동물을 해방시키는 일을 했을 것 같다. 말은 못 하지만 감정이 있고 연약한 동물들, 그래서 인간에게 이용만 당하고 버려지는 동물들이 얼마나 많은가.

또 마음이 가고 지켜주고 싶은 대상은 어르신들이다. 요양원 사업을 준비하는 이유도 노인들만 보면 저절로 마음이 가기 때문이다. 연세가 많고 건강도 변변치 않은 소외된 분들을 보면 작은 도움이라도 주고 싶다. 예전에 다니던 교회에서 매주 토요일과 일요일에 독거노인들에게 음식을 만들어서 배달하는 봉사를 한 적이 있다.

내가 음식을 만들어 놓으면 남편과 아들이 배달을 도맡았다.

"엄마, 우리도 남들처럼 주말에 놀러 가면 안 돼? 놀이공원도 가고 싶고, 캠핑도 가고 싶은데."

어린 아들이 이렇게 투덜거릴 만 했다. 음식봉사가 자그마치 팔 년이나 계속되었기 때문이다. 내가 한 주도 거르지 않고 할 수 있었던 것은 가족들이 거들어 주었기 때문이다.

남편과 나는 생각과 취향이 많이 다르지만 어르신 공경하는 마음만은 비슷했다. 오래전에 내가 임신했을 때 남편과 함께 차를 타고 시골에 간 적이 있다. 영월에 버스 파업이 시작돼서 버스 운행이 중단되었다. 어르신들이 장에 갔다가 세 시간 거리를 걸어서 돌아가야 했다. 남편은 배부른 나를 길가에 세워 두고 한두 분이 아닌 버스를 기다리는 모든 분을 집까지 일일이 모셔다 드린 적이 있다. 참 심성이 착한 사람이다.

우리 부부는 해마다 김장철이면 수백 포기의 김치를 담갔다. 맛있게 담은 김치 일부를 부천 일대의 어르신들과 나누었다. 영월에서 농사를 지으시는 시부모님께서 필요한 양념까지 해마다 보내주셨다. 재료 준비가 끝나면 혼자서 김치를 담갔다. 하루는 포기김치와 총각김치, 다음 날은 백김치, 동치미. 두세 시간 자면서 꼬박 이삼일 동안 김장을 했다. 손이 빠르고 워낙에 음식을 많이 해봐서 사흘이면 끝났다. 커다란 대야에 삽질하듯이 양념을 휘젓는 게 제일 힘든데 힘센 남편이 양팔로 양념을 버무려 주었다. 남편과 아이들이 많이 도와주었다. 김장이 끝나면 으레 삼 일 정도는 몸이 아파서 앓아 누웠다. 그래도 뿌듯했고 마치 옛날 부자가 곳간에 양식이 쌓여 있는 걸 흐뭇하게 바라보는 것 같은 기분을 느꼈다. 배추도 좋은 것을 쓰고 양념에도 신경을 많이 썼더니 어르신들이 맛있다고 좋아하셨다.

나는 요리를 해서 나눠주는 것을 좋아한다. 음식이 있으면 서로 나누어 먹고 소외된 사람이 있으면 손을 내밀어서 작은

도움이라도 주는 것이 우리네 인생살이가 아닐까 한다. 지금
도 시간적 여유만 있으면 김장을 많이 해서 주변 사람들에게
나누어 준다. 작년에도 우리 집 김장 비용은 여느 집보다 세
배 이상 들었다. 써야 할 곳에 돈을 잘 써야 한다는 것이 내 철
칙이다. 음식은 고가의 물건보다 큰 감동을 준다. 돈으로 살
수 없는 정성이 깃들어 있기 때문이다. 어떤 선물과도 비교할
수 없다.

　나누고 함께하는 것을 좋아하는 것은, 결국 사람에 대한 애

정 때문이다. 나는 한 사람을 알게 되고 교감하고 사귀는 과정을 좋아한다. 그리고 우정, 사랑, 친분을 쌓으면서 오래 알아가는 것이 좋다.

인간관계를 맺는 데는 사교 기술이 필요하다고 한다. 호감을 얻거나 거절해야 할 때 언어적 또는 비언어적 신호를 적절하게 보낼 줄 알고 상대방이 보내오는 신호를 올바르게 해석할 줄 알아야 한다. 이런 사교 기술을 잘 아는 직업군이 프로파일러다.

잭 셰이퍼는 FBI에서 20년 간 스파이와 테러리스트의 심리를 분석하는 프로파일러로 유명하다. 그는 사람의 마음을 얻는 방법을 누구보다 잘 아는 사람이 바로 스파이라고 말한다. 그리고 우리 모두가 사소한 행동들과 언어적, 비언어적 신호를 일상에서 행하고 있지만, 의식을 하지 못한다고 한다. 정서 지능이 발달해서 신호 처리에 능숙한 이들이 바로 스파이고, 프로파일러는 이들을 분석하기 위해서 노력하고 훈련을 받는다고 한다.

나는 오래전부터 사람의 심리를 파악하는 일에 관심이 많았다. 이렇게 말하면 사람들은 의외라고 하는데 범죄 심리에도 관심이 많다. 그래서 범죄자의 비범한 심리를 분석하고 수사 단서를 찾아내는 프로파일러라는 직업을 선망한다. 우리나라에서도 프로파일러라는 직업이 서서히 알려지기 시작했다. 이

수정 교수와 표창원 국회의원이 대표적이다. 어쩌다가 두 사람이 텔레비전에 나오면 유심히 본다. 어려운 일을 멋지게 해내는 것 같아서 부럽기도 하다. 만약에 나에게 직업을 선택할 기회가 주어진다면 프로파일러가 되고 싶다. 시사프로그램 〈그것이 알고 싶다〉에 출연하는 프로파일러들을 보면 많이 부럽다.

이제는 다른 직업을 생각하는 것보다 지금까지 쌓아온 경력을 확장해 가는 게 어울리는 나이가 되었다. 그런데도 나는 늘 새로운 일에 호기심이 생기고 직접 해보는 모습을 상상한다. 누구에게나 가보지 않은 길에 대한 호기심과 꿈은 소중하다. 그것이 이루어지고, 이루어지지 않고를 떠나서 호기심과 꿈이 있는 삶과 그렇지 않은 삶은 천양지차다. 나는 그렇게 믿는다.

2

결국은
사람이다

꽃 피는 계절이
시작될 것이다

오바마가 대통령 임기를 마치고 수상스키를 즐기면서 즐겁게 휴식하는 사진 몇 장이 인터넷 신문에 실렸다. 시작할 때도 끝날 때도 박수를 받은 대통령. 나는 오바마가 정치 신인으로 대통령에 도전할 때부터 지금까지 그를 지지한 팬이다.

내 생각에 그는 요즘 세상에 보기 드문 완벽남인 것 같다. 오바마가 대통령직을 수행했던 팔 년은 단순히 업적과 성과만으로 판단할 수 없다. 나는 대통령으로서의 그의 능력도 높이 사지만 그에게서 풍기는 인간적인 매력에 더 크게 끌린다. 그에게는 가식 없는 기품이 배여 있다. 백악관 청소 노동자와 하이파이브하는 사진, 어린이를 품에 안고 다정하게 웃는 사진, 커다란 개와 산책하는 사진을 보면 그가 얼마나 좋은 사람인지 대번에 알 수 있다.

게다가 그 힘든 대통령직을 수행하면서도 한 가정의 아버지로, 남편으로도 최선을 다했다. 미셸 오바마와 파티에 참석해서 행복하게 웃는 모습이나 두 딸과 다정하게 시간을 보내는 것을 보면 절대로 연출된 것이 아님을 알 수 있다. 그들의 웃음과 행복한 표정은 진짜였다. 그래서 많은 미국인들이 오바마를 존경했고, 그의 마지막 길을 아쉬워했다. 〈뉴욕타임스〉 독자들은 오바마의 가장 큰 유산으로 그의 기품과 가치를 꼽았다. 독자들은 '미국에 자부심을 갖게 해준 지도자', '신념을 절대 잃지 않은 대통령', '모범적인 아버지이자 남편', '쿨한 지도자'로 오바마의 인간적인 면모를 평가했다. 비단 미국인뿐만 아니다. 지성과 카리스마는 물론 공감력과 유머 감각까지 갖춘 오바마는 세계인을 매료시켰다. 내 주변에도 오바마에게 무관심한 사람은 있어도 그를 싫어하거나 미워하는 사람은 없다.

오바마의 특별한 출생과 성장배경도 눈길이 간다. 케냐 출신 흑인 아버지와 미국 출신 백인 어머니 사이에서 태어난 오바마의 유년시절은 순탄하지 않았다. 아버지는 결혼 2년 만에 집을 떠났다. 어머니는 재혼해서 인도네시아로 갔는데 재혼한 남자와도 파경을 맞고 말았다. 이후 오바마는 하와이에서 외조부모의 손에 컸다.

오바마가 좋은 집안에서 태어나고 성장한, 정치 엘리트였어도 이런 인간미가 풍겼을까? 나는 아니라고 본다. 아파본 사람은 아픔을 알고 약자의 위치에 있었던 사람만이 약자를 이해한다. 오바마는 성장기 내내 소수자로 살았기 때문에 타인과 공감하고 다름을 인정할 줄 아는 정치인이 된 것이다.

나는 그가 정치인으로서 변화와 희망을 추구했던 것도 마음에 든다. 말만 번지르르하게 하고 약속을 지키지 않는 정치인들과 달리 오바마는 약속을 지켰다. 그가 가져온 변화는 곧 희망이 되었다. 일각에서는 오바마가 완성한 정책이 별로 없다고 비판하기도 하지만, 그가 추진한 정책들을 보면 진정한 민주주의를 위해서 얼마나 노력했는지 알 수 있다. 특히 이란 핵 협상, 쿠바 국교 정상화, 건강보험개혁, 소수자와 여성 인권 신장을 위해서 노력했다. 그런데도 그는 자신이 일궈낸 변화와 희망을 과신하지 않았다. 오히려 겸손한 태도로 이렇게 말했다.

"변화는 결코 쉽지 않고 빨리 오지도 않는다."

그가 힘들게 이룬 업적이 트럼프에 의해 물거품이 될지도 모르는 상황이 매우 걱정스럽다. 나는 사업을 하면서 정치인과 지도자의 역할이 얼마나 중요한지 절감한다. 2016년에 터진 국정농단 사건은 말할 것도 없고 엘시티 사건을 보면서 정말이지 할 말을 잃었다. 건축업에 있어서 인허가란 정말 어렵고 힘든 일이다. 그런데 누군가는 뒷돈으로 너무나 쉽게 원하는 바를 손에 넣다니, 같은 업계에서 일하는 사람으로서 허탈감이 밀려왔다.

'사업하면서 절대로 반칙하면 안 된다.'

이건 내가 사업을 처음 시작한 이후부터 지금까지 지키고 있는 원칙이다. 분명 쉬운 길도 있고 유혹도 따른다. 하지만 편한 길이라고 해서 무작정 그 길로 갔다가는 나중에 더 크게 화를 입을 수 있다. 그리고 규칙은 공정한 경쟁을 위해서 있는 것이다. 나보다 약하고 자본금이 없는 사람들도 사업을 할 수 있도록 하자는 뜻에서 규칙과 법이 있는 것인데 그것을 마구 흔들어버리면 종국에는 시장질서가 엉망진창이 될 것이다.

오바마와 우리나라에서 일어난 일련의 사건을 비교하면서 지도자를 잘 뽑는 것이 얼마나 중요한 일인지 새삼 깨달았다. 우리나라도 도덕적이고 청렴하고 약자를 배려하고 원칙을 지키는 지도자가 세워지기를 기도한다. 그래야 어려운 사람들도 희망을 갖고 청년들도 헬조선 탈출을 꿈꾸지 않을 것이다.

겨울이 언제 떠났는지도 모르는 사이에 불쑥 봄이 찾아오기 마련이다. 조금만 있으면 여기저기서 꽃이 피는 계절이 시작될 것이다. 우리 국민들의 마음속에도 희망이 움텄으면 좋겠다. 사람들이 모이는 광장에도 분노의 성토가 아니라, 희망의 메시지가 오고가면 좋겠다. 그런 따뜻한 봄이 오길 기대해 본다.

울지 않는
들장미 소녀

들장미 소녀 캔디는 1976년에 제작된 일본 만화영화다. 워낙 인기가 많았기 때문에 소설 형식의 책과 만화책으로도 출간되었다. 어릴 때나 지금이나 캔디를 너무나 좋아해서 책과 만화를 다 찾아보곤 했다.

1960년대 후반과 1970년대에 출생한 소녀들에게 캔디는 하나의 상징적 존재다. 우리나라가 지금은 잘 살지만, 그 시절만 해도 어려운 가정이 많았다. 그래서 나처럼 고아 소녀 캔디에게 감정이입하는 소녀들이 많았다. 캔디가 웃으면 따라 웃고, 캔디가 울면 같이 울고, 캔디가 행복해지면 내가 행복해진 것 같았던 시절이었다.

어느 면에서 내 어린 시절의 명랑함과 캔디의 쾌활한 성격이

서로 닮았다. 학교 다닐 때 나는 아이들을 웃기고 다니는 말괄
량이었다. 소풍을 가거나 운동회를 하면 당연히 오락부장은
내가 했다. 교회에서도 연극을 하면 그렇게 아이들을 웃겼다.

"혜숙아, 넌 커서 코미디언 되라, 응?"

친구들과 선생님이 이렇게 말할 정도였으니 내가 얼마나 까
불었는지 더 이상 설명하지 않아도 상상이 될 것이다.

만화 속 캔디가 고아원에서 아이들을 웃기고 나무에 오르고
못된 아이들과 싸워서 이기는 모습에서 내 모습을 발견했다.
고아원 원장님과 수녀님에게 툭하면 야단을 맞는 미워할 수
없는 말괄량이. 내성적인 친구 애니를 언니처럼 지켜주는 모
습도 나와 비슷했다. 지금 생각해도 그때는 뭐가 그렇게 즐거
웠는지.

태어나서 어린 시절을 보낸 곳은 충남 논산면 성동면 우곤리
다. 부여와 경계선에 있는 마을에 살았다. 내 고향은 특이하게
순교자가 많은 동네였다. 그래서 작은 마을이지만 모든 주민
이 독실한 그리스도인이었다. 친구들도 전부 신앙이 좋았다.
동창 중에 교회 다니지 않는 아이들이 없을 정도였다.

분명 가난하고 힘들었던 시절이지만 이때만 떠올리면 저절
로 미소가 지어지는 건 그만큼 추억이 많기 때문이다. 나에게
고향의 산과 들, 개천은 그 자체로 추억이다. 지금도 등산을
좋아하고 머리가 복잡할 때마다 한적한 시골을 찾는 이유는,

내 출생과 성장 배경 때문일 것이다. 캔디도 나처럼 시골 마을에서 자랐다. 트윈 포니테일 머리를 하고 들판을 가로지르면서 뛰어놀던 모습은 생기가 넘친다.

지금 생각하면 나는 참 대범한 아이였다. 점심시간이면 집으로 밥을 먹으러 갔다. 그 시절 시골 학교는 그렇게 엄격하지 않았기 때문에 가능한 일이었다. 점심을 먹고 학교로 돌아가던 길에 신기한 풀이나 동물에 정신이 팔리면 한참 들여다보기도 했다. 정신을 차리고 학교에 가면 이미 수업을 마치고 돌아오는 친구들 손에 내 책가방이 들려져 있었다. 지금 같으면 가당찮은 일이다.

나는 학교에 다니면서도 구속받고 자유를 침해당하는 것이 싫었다. 친구들을 몰고 다니면서 왁자지껄 뛰어노는 게 제일 즐거웠다. 그러다가 초등학교 6학년 때 서울로 이사를 하면서 학교를 떠나게 되었다.

'네가 없으니까 학교가 얼마나 썰렁한지 몰라. 친구들도 너를 그리워해.'

예전 학교 선생님이 써주신 편지의 한 구절을 지금도 기억한다.

즐거운 추억이 많긴 하지만 시골에서 보낸 어린 시절이 마냥 행복하지만은 않았다. 캔디도 못 말리는 말괄량이지만 내면 깊숙한 곳에 외로움이 가득했었다. 나는 캔디를 처음 봤을 때 그 점을 바로 알 수 있었다. 겉으로는 잘 웃고 쾌활한 아이들이 외로움도 많이 타는 법이다.

"나 혼자 있으면 어쩐지 쓸쓸해지지만 그럴 땐 얘기를 나누자 거울 속에 나하고."

주제가 가사만 봐도 캔디는 말괄량이보다 연약하고 상처받기 쉬운 아이였던 것 같다. 나에게도 빛나는 웃음 뒤에 옅은 그늘이 자리 잡고 있다. 너무나 가난했던 우리 집, 자식들이 많은데도 아들을 기다렸던 부모님, 딸들과는 대우부터 달랐던 남동생들. 때로는 부모님이, 언니들과 동생들이 밉기도 했지만, 가족은 처절했던 가난을 함께 헤쳐나간 시간과 마음 때문에 우리 사이에는 설명할 수 없는 끈끈한 동지애가 강처럼 흘렀다. 그게 아니라면 그 힘든 날들을 어떻게 견디었겠는가.

그리고 캔디를 보면서 희망을 얻었다. 안소니와 영영 헤어질 뻔한 캔디가 앨버트 씨의 양녀가 되고 귀족 가문에 들어갔을 때 나는 내 일처럼 기뻐했다. 캔디와 나는 운명마저 닮았는지, 어쩌다가 좋은 일이 생겨도 반드시 시련을 겪었다. 캔디는 첫사랑 안소니를 사고로 잃고 만다. 그때 나는 캔디가 그랬던 것처럼 엄청난 충격에 휩싸였다. 그러다가 캔디가 귀족 학교에 입학해서 테리우스를 만났을 때는 내 가슴이 다 두근거렸다.

테리우스는 태어나서 처음으로 사랑한 남자이고 나의 영원한 이상형이다. 반항아 기질과 잘생긴 외모, 고독한 분위기, 사생아라는 출생의 비밀을 간직한 남자를 어떻게 사랑하지 않을 수 있겠는가. 테리우스는 소녀 김혜숙의 마음을 송두리째 앗아갔다. 캔디와 테리우스가 본격적으로 연애하는 대목에서는 내가 캔디가 되어서 소설을 몇 권이나 지어냈는지 모른다.

캔디의 러브스토리가 해피엔딩으로 끝나기를 얼마나 소망했는지 모른다. 하지만 캔디는 또다시 불행해지고 만다. 테리우스가 학교를 떠나고 캔디도 알버트 씨의 집안을 떠나 어린 시절을 보낸 고아원으로 돌아간다. 그토록 열심히 씩씩하게 살았던 캔디는 사랑했던 테리우스를 잃고 다시 보육원으로 돌아갔다. 여기에 설상가상으로 친오빠처럼 캔디를 아꼈던 스테아마저 죽는다. 캔디의 인생이 이대로 비극적인 결말을 맞는 게 아닌지 너무나 불안했다. 하지만 캔디는 이 모든 시련을 꿋꿋하게 이겨낸다. 그리고 어린 시절 포니의 집 언덕에서 만났던 백파이프를 연주하던 근사한 왕자님을 다시 만난다.

내가 지금도 캔디를 좋아하는 것은 온갖 시련을 이겨낸 캔디가 마지막에는 행복해지기 때문이다. 나는 조금 유치하고 작위적일지라도 해피엔딩으로 끝나는 스토리가 좋다. 이야기에서조차 희망을 얻을 수 없다면 어디서 희망을 얻을 수 있겠는가.

나 말고도 수많은 팬이 이 만화를 잊지 못해서 애장판 DVD를 구매한다고 하니, 그 시절 캔디에게서 희망을 본 소녀는 나뿐만이 아닌 것 같다. 그래, 캔디처럼 웃으면 되지. 울기 왜 울어.

봄바람에
실려 온 풍경

넉넉한 사월의 햇살이 아름답다. 흐드러지게 웃고 있는 이름 모를 꽃과 풀들을 무심코 바라본다.

'저 풀 이름이 뭐였더라? 어렸을 때 집 앞 개천 둑에서 많이 보던 것인데. 그때 싱건지풀이라고 불렀던가? 아니, 쇠비듬 같기도 하고.'

옛 기억을 더듬으며 풋풋하고 향기로운 푸성귀 향 그윽한 어린 시절의 아련한 추억으로 빠져든다.

앉은뱅이 도둑놈각시풀, 쇠똥가리풀, 쑥부쟁이, 엉겅퀴, 개망초, 달개비, 냉이 족두리꽃, 여우 각시풀…… 얼마나 신선하고 정감 가는 이름인가. 봄비에 젖은 흙냄새가 싸하게 풍겨오는 고향의 햇살과 그 바람을 마시러 달려가고 싶다.

내 마음은 벌써 논둑길을 가로질러 추억의 옛길을 더듬는다. 온통 노란 개나리로 봄소식을 제일 먼저 알려 주었던 삼재 고개. 조긋한 오솔길 언덕에서 불어오던 봄바람은 양철 도시락 짤랑거리며 오가던 학교 길을 반기며 쉬어 가라 속삭였는데, 지금쯤 새싹 움트는 봄 소리가 들리면 어느새 나뭇가지마다 그리움으로 다시 피어나겠지.

재잘거리며 학교로 가는 신작로를 따라 내려오면 지금 생각해도 친근한 이름, 서당골 말랭이 마을 어귀의 갈림길이었다. 논둑길이 보이는 오른쪽으로 가면 정미소가 있는 월회, 다르매, 배다리다. 큰길을 쭉 따라가면 부여 석성에 봉두정이가 나오고, 반대 방향으로는 작가 박범신의 소설, 《읍내 떡뻥이》의 배경이 되었던 강경 읍내가 나온다. 마을이 산에 깊숙이 둘러싸여 있다 해서 '안속은리'라고 불렸던 우리 동네는 한국전쟁 때 산 밑에 숨어 있어서 인민군의 눈을 속일 수 있었다고 한다. 그런 면에서 보면 이름값을 톡톡히 한 셈이다.

마을로 들어서면 저만치 파진산이 보인다. 유난히 바위가 많은 불암산, 도치매산은 그리 높지 않아서 봄 소풍을 가곤 했다. 끝없이 뻗어 있는 대부뚝, 그 너머 땅콩 밭이 많았던 개사리를 끼고 금강은 그렇게 흐르고 있었다. 나생이꽃 쇠기 전에 조바심 난 아낙네들의 논두렁, 밭두렁에서 나물 캐느라 바쁜 손길에 덩달아 마른풀 속에서 파랗게 돋아난 쑥을 보면 내 가숨도 마구 뛰었다.

겨우내 움츠린 자연이 봄기운을 듬뿍 받은 새싹으로 올라온 그 앙증맞은 모습을 바구니에 담느라 조막손이 바빴다. 머리카락 사이로 쏟아지는 밝은 햇살을 받으며 캐온 나물을 뜰팡에 펼쳐놓고 다듬던 엄마의 손끝에서 봄 내음이 물씬 풍겼다. 그 냄새에 움츠러든 살림도 기지개를 켰다.

저녁 밥상에 올라온 봄나물의 향긋함과 된장국의 구수한 냄새가 집 안 가득 진동했다. 고운 날콩가루를 입혀서 끓인 쑥국을 아버지는 무척 좋아하셨다. 상큼하게 무친 달래와 살짝 데쳐 된장으로 버무린 냉이나물도 밥도둑이었다. 지금은 비닐하우스에서 재배한 푸른 채소를 사는 게 어렵지 않지만 그 시절에는 겨우내 구경하기 힘들었다. 산과 들에서 캐온 봄나물이 해묵은 반찬을 털어 내고 지친 입맛을 돋우어 주었다. 먹을거리가 넉넉하지 않던 그 시절, 봄이 되면 어린 싹으로 올라왔던 삘기도 빠질 수 없는 간식거리였다.

한두 살 터울의 위아래가 혼동되어 다른 이름으로 불리기 일쑤였던 우리들. 우리 집은 딸 부잣집으로 통했다. 언니들과는 전부 고만고만한 게 꼭 친구같이 자랐다. 마지막까지 아들을 하나 낳으려고 낳고 낳으신 것이 딸, 딸, 딸… 그런 까닭에 기억 속에 엄마는 항상 배가 불러 있었고 내 등에는 아기가 거북이 등처럼 붙어 있었다.

봄이 익어 가는 어느 바람 좋은 날에는 대문 밖 나무 아래 따뜻한 양지에서 소꿉놀이가 한창이었다. 조그만 얼굴 내밀고 생글거리며 반기는 뱀딸기 꽃이 지천으로 널렸다. 탱자나무 담 모퉁이에는 주워온 소꿉놀이 세간이 가득했다. 노랗게 웃고 있는 꽃잎 밑에 빨간 열매를 달고 있는 뱀딸기는 소꿉놀이에서 빠질 수 없는 양식이었다. 빨간 벽돌은 고춧가루가 되고 하얀 모래는 흰쌀밥이 되었다. 솔가지로 불을 지펴 밥 짓고 토끼풀, 씀바귀, 질경이, 망초 꽃잎 들은 반찬이 되어 사금파리 그릇에 올려진다. 푸짐한 밥상을 맛있게 먹어주는 시늉을 해

주던 향식이는 내 남편이었다. 작은 입을 짭짭거리며 잘도 먹어주었다.

쏠쏠한 살림 사는 재미에 시간 가는 줄도 모르고 이야기꽃을 피우다 보면 어느새 사방에 어둠이 내렸다. 아이들이 서둘러서 하나둘씩 집으로 돌아가는데 어쩌다 혼자 남게 되는 날이 있었다. 한여름에도 등골을 서늘하게 했던 큰 고목에 숨어 있던 무시무시한 전설이 생각나서 발걸음이 떨어지지 않았다. 어디선가 지네가 나를 노려보고 있는 것 같아서 허둥지둥 뛰어보지만, 눈앞에 집은 어찌나 멀게 느껴지는지.

봄은 그렇게 많은 야무진 추억을 남기고 나만의 둥지 안에 꼬옥 묻어둔 그리움이 되었다. 봄바람에 실려 온 먼 기억 속에 풍경은 다시금 그리움으로 가슴에 새록새록 파고든다.

아름답고
튼튼한 집

집은 사람이 살아가는 공간이자, 사적이고 비밀스러운 일이 이루어지는 장소다. 의식주는 인간이 살아가는 데 있어서 없어서는 안 될 가장 기본이 되는 요소다. 그런데 요즘 집은 그 자체로 자본이고 그 안에서 살아가는 사람이 빠져 있다. 쉽게 짧은 시간에 허술하게 지어 올리고, 비싸게 팔면 그만인 집. 그런 집에는 영혼이 없다. 그래서일까, 건축 일을 하는 사람들 사이에서는 집 짓는 사람을 '업자'라고 부른다.

나의 사업 파트너인 사장님이 이런 말을 들으면 얼마나 속상할까. 이분은 절대로 그런 흔한 업자가 아니다. 건축가, 장인이라고 불려야 마땅한 사람이다. 건물 하나를 짓기 위해서 유럽 건축 기행을 다녀오고 그곳의 건축물이 주는 영감과 감동에 푹 빠져서 이렇게 말씀하셨다. 평생에 한 번이라도 좋으니 그런 건물을 지어보고 싶다고.

건축도 예술인 까닭에 건축가 중에는 열정적인 이들이 많다. 유명한 건축가 가운데서 나는 안토니오 가우디를 가장 좋아하고 존경한다. 가우디는 1852년 스페인에서 태어나 1926년 사망할 때까지 평생 독신으로 살았다. 주변 사람들은 그를 과도한 신앙심을 가진 괴팍한 사람이라고 했다. 나는 그를 괴팍한 사람이 아닌 비범한 천재, 열정적인 건축가라고 생각한다.

가우디는 평생 '현장을 충분히 둘러보고 설계를 시작한다'는 원칙을 지킨 건축가로도 유명하다. 그는 신이 빚어 낸 자연과 인간이 만든 건축물의 완벽한 조화를 추구했다. 공사 현장의 작은 식물이나 지형을 보존하는 범위에서 설계와 시공을 한 것으로도 유명하다. 그래서인지 그의 건축물은 자연을 닮았다. 지중해의 강렬한 햇빛과 풍부한 자연이 그대로 스며들어 있다고나 할까.

그는 구리 세공업자 집안에서 가난하게 태어났지만, 집안 대대로 내려오는 장인 기질을 이어받았던 것 같다. 건축을 전공하면서도 건축 수업에는 거의 참석하지 않고 하루 종일 도서관에서 많은 책을 읽으며 인문학적 소양을 쌓았다고 한다. 이렇게 치열한 장인 정신과 열정으로 살아간 탓에 대중에게 널리 알려진 건축가가 되었을 것이다. 특히 가우디가 건축하다

완공을 보지 못하고 숨을 거둔 사그라다 파밀리아(La Sagrada Familia) 성당은 존재만으로도 깊은 감동을 준다.

이 성당은 1882년 초석을 놓은 후 100년이 훨씬 지난 지금도 여전히 공사 중이다. 완성하려면 앞으로도 100년은 족히 걸릴 거라는 어마어마한 건축물로 알려져 있다. 가우디는 1883년 서른 한 살의 젊은 나이에 공사감독으로 취임하여 1926년 사망할 때까지 자그마치 43년, 거의 전 생애를 여기에 바쳤다. 가우디는 성당을 완성하지 못하고 죽었다. 하지만 스페인은 가우디가 갑자기 사망하고 스페인 내전으로 설계도가 불타버린 후에도 130년이 넘도록 공사를 진행하고 있다. 그만큼 가우디의 열정과 장인 정신을 높이 산다는 뜻일 것이다.

사장님에게도 가우디가 추구했던 집념 같은 것이 느껴진다. 그분은 꼭 갈대 뿌리 같다. 바람에 이리 치이고 저리 치이는 갈대는 쓰러져도 절대로 뿌리는 뽑히지 않는 것처럼 자신만의 단단한 뿌리를 내리고 절대로 타협하지 않는다. 다른 사람들은 타산이 맞지 않는다고 하지 않는 일도 이분은 작품을 만든다는 마음으로 임한다. 그렇게 지은 집은 많은 사람에게 감동을 주었다. 그 집에 사는 사람들을 배려해서 편리하고 행복해지는 집을 짓는다. 이것이 그분의 자부심이고 삶의 보람이다.

사업으로 맺은 인연이지만 4년간 함께 일하면서 사장님으로부터 건축에 대해 많은 것을 배웠다. 그분이 아니었다면 건축물 주변의 환경, 건축의 기본, 건물을 짓기 전에 흙을 밟는 과정에서 느끼는 즐거움을 어떻게 알 수 있었을까? 건축은 무에서 유를 창조하는 작업이다. 건물이 올라가는 과정을 지켜보면 그렇게 뿌듯할 수가 없다. 또 건설 현장은 수많은 업자와 노동자들이 모인 오케스트라나 마찬가지인데 사장님은 오케스트라를 이끄는 훌륭한 마에스트로다.

가끔 어떻게 생각과 성격이 극과 극인 두 사람이 만나서 사업을 함께할 수 있을까 신기하게 느껴진다. 그런데 뒤집어 생각해 보면 극과 극이라서 서로 없는 부분을 보완하고 통하는 것 같다.

내가 부지를 사들이면 사장님은 건축하시고 이후에 분양은 내가 주도한다. 사장님이 건축에만 전념할 수 있도록 하기 위한 나의 배려다. 둘 다 돈에만 연연하지 않고 순수하게 일을 좋아해서 호흡이 잘 맞는다. 물론 사업을 하다 보면 어려울 때가 있다. 부도 직전의 어려움을 겪기도 한다. 하지만 이런 말이 있다.

"훗날 천둥번개로 뻗어 나갈 사람은 한동안은 비구름으로 떠돌지 않으면 안 된다."

사장님은 이 말과 가장 잘 어울리는 사람이고 삶의 기적을 짓는 건축가다. 이 글을 통해서 감사한 마음을 전한다.

가난에 대한
소묘

이제 가난을 이야기해야겠다. 나의 삶은 가난을 빼놓고는 이야기할 수 없다. 평생 가난 때문에 여유가 없었고 홀린 듯 무언가를 쫓아야 했다.

흔히 말하길, 가난은 나라님도 구제할 수 없다고 한다. 나도 복지가 잘된 나라에서 태어났더라면, 경제력이 있는 부모를 만났더라면, 경제력 있는 남자와 결혼했더라면 하는 생각을 해보지 않은 것은 아니다. 그런데 가난의 힘이 너무 크고 대단해서 누군가의 도움을 기다릴 수 없었다. 가난은 내 손으로 당장 해결하지 않으면 도저히 어떻게 할 수 없었다.

동생들은 나에게 '누나의 일생은 인생 승리'라고 말한다. 그럴 정도로 나는 가난에서 벗어나기 위해 이십 년 넘게 달려왔다. 그런데도 가난했던 시절의 기억과 가난으로 인한 버릇은 여전히 지워지지 않는다. 가난의 디테일은 내 삶 곳곳에 뿌리 내려서 꽤 오랜 시간이 지난 지금까지도 나를 지배하고 있다.

그런 이유로 가난하게 살다간 예술가들을 사랑하지 않을 수 없다. '가난'하면 떠오르는 천재 화가 박수근. 그는 근대미술을 이끈 선구자이자 자신만의 작품세계를 창조한 작가로 평가받는다. 소박하면서도 향토적인 그의 작품은 수많은 사람이 박수근을 가장 한국적인 화가로 꼽게 한다.

그러나 화가의 삶은 너무나 궁핍했다. 화가의 꿈을 갖게 되었지만 유년시절 급격히 가세가 기울면서 초등학교도 간신히 마쳤다. 일생을 따라다닌 지독한 가난. 화가는 그 가난과 빈곤 때문에 현실과 이상 사이에서 일평생 번민했다. 하지만 제아무리 지독한 가난과 궁핍도 그의 예술 의지를 꺾진 못했다. 오히려 가난 때문에 박수근은 누구도 흉내 낼 수 없는 독특한 소박함과 향토적인 예술미를 완성한다.

화가 박수근의 고통이 무엇인지 알 것 같다. 나는 문자로 추상적인 개념으로 가난을 이해하는 것이 아니라, 물리적으로 온몸의 감각으로 이해한다. 어디 예술가뿐이겠는가. 쪽방촌에서 외롭고 가난하게 사는 노인들, 한 몸 누이면 끝인 좁디좁은 고시원 방에서 살아가는 이들. 이들에게 '돈이 전부가 아니다'라는 말은 얼마나 허황스러운가.

어떤 인생은 돈 말고 다른 가치를 추구하거나, 다른 가치를 선택하고 싶어도 그럴 수가 없다. 오직 '돈돈' 하는 삶을 강요당한다. 가난에 몰리다 보면 품위를 챙길 만한 여유가 없다. 나는 지금도 내가 가난을 몰랐다면 더 좋았을 것 같다. 가난 같은 것은 몰라서 돈 외에 다른 관심사를 가질 수 있고 돈 버는 일말고 다른 일을 하면서 살았다면 좋았을 것이다. 그랬다면 지금과는 다른 사람으로 살 수 있지 않았을까.

하지만 내 삶은 이미 이렇게 흘러와 버렸고 내게 주어진 운명, 다른 누구의 것도 아닌 내 삶을 사랑해야겠다. 그래서 생각해 본다. 가난 때문에 돈을 버느라 고군분투하면서 내가 얻은 것은 뭘까. 이런 나에게 하나님께서 주신 재능은 뭘까. 그것은 아마도 인생을 넓게 멀리 보는 시야, 타인을 이해하는 관대함, 이 두 가지인 것 같다.

그리고 하나가 더 있다. 마음먹은 일을 해내려는 '의지'다. 나는 성취하고 싶은 것이 있으면 목표에 집착하는 면이 있다. 성취욕을 대단히 중요하게 생각한다. 목표를 향해서 달리고 그것을 이루면 성취감을 얻는다. 그런데 그다음에는 공허함이 따라온다. 마치 끈 떨어진 연처럼 방황하는 것도 공허하기 때문이다. 우울함을 극복하기 위해서 나는 또 다른 목표를 찾는다. 하나의 일이 끝나면 다른 일에 도전해야 한다는 생각이 강한 것도 그 때문이다. 그래서 나에게는 5년 뒤, 10년 뒤에 이루어야 할 꿈이 있다.

꿈을 이루는 데 필요한 것은 공부다. 사업을 하면서도 계속 공부를 하고 싶었다. 내가 잘하지 못하는 것이 있는데 그것은 가만히 앉아서 쉬는 것이다. 쉬고 있으면 제대로 살지 못하는 것처럼 느껴진다. 그래서 늘 고단하지만 그래도 일을 멈추지 못한다.

은발의 노년이 되면 어릴 때 그랬던 것처럼 다 내려놓고 자연 속에서 살고 싶다. 물질이 아니라 정서적으로 풍부하게 살고 싶다. 누구도 믿지 못하고 나 자신만 믿는 외로운 삶은 싫다. 그런데 지금도 나는 외로움 속에서 살아가고 있다. 항상 남에게 도움을 주는 쪽이지 순수하게 받지 못한다.

조건 없이 도움을 주는 친구들과 사업 파트너들을 생각하면 미안한 일이다. 도와달라고 하면 언제든 도와줄 사람들인데. 거절당하는 두려움과 자존심이 앞서서 말을 못 한다. 그래서 더 열심히 일한다.

"무슨 일 있어요? 얼굴이 안 좋아요."

내가 어둡고 우울해 보이면 먼저 손을 내밀어 주는 사람들, 나를 믿어주는 사람들이 있어서 안도할 수 있다. 사업을 더 잘해서 이들에게 더 잘해줘야겠다는 생각이 고단한 하루를 버티게 한다.

최근 돈에 대해서 다시 생각하게 되는 계기가 있었다. 교회

목사님께서 이런 말씀을 하셨다.

"돈과 건강 중에 선택한다면 뭘 선택하겠어요? 그렇죠, 건강입니다. 돈과 자녀 중에 선택하라면? 자녀가 먼저죠. 돈과 명예 중에 선택하라면? 명예가 더 좋을 거예요. 우리가 생각하는 것보다 돈의 가치는 그리 크지 않습니다."

건강, 가족, 명예보다도 뒤에 있는 돈. 그동안 돈 때문에 너무 많은 걸 잃었다는 생각이 들었다. 우리는 너나 할 것 없이 돈을 좇아서 살고 있는데 진정 가치 있는 삶일까? 하는 의문이 들었다.

그러자 남편과 아이들에게 소홀했던 지난날이 떠올랐다. 후회만 남은 지난날. 앞으로 남은 삶은 정서적으로 풍성하게 살고 싶다. 마음이 부자인 사람, 자연 속에서 풍요로움을 느끼고 행복을 찾았으면 좋겠다.

지금도 돈을 벌기 위해서 돈을 우선순위에 두는 사람들에게 나처럼 살지 말라고 권면하고 싶다. 내가 그렇게 살았던 것은 가난이 준 상처, 비참함에서 벗어나기 위한 노력이 몸에 배였기 때문이었다. 이 정도면 충분한데도 더 열심히 살아야 할 것 같았다. 그런데 나중에야 알았다. 시간은 한정되어 있음을. 가족, 일, 사랑 분배가 잘 돼야 한다. 나는 그 부분을 놓쳤고 남편이 죽고서야 깨달았다. 돈이 건강이나 가족보다 먼저인 삶은 반드시 후회를 동반할 수밖에 없다. 그들에게 나처럼 후회하지 말고 돈보다 더 중요한 것을 위해서 살라고 당부하고 싶다.

3

사랑은
영원하다

소나무 같던
그 사람

　소나무는 사계절 내내 수수하다. 꽃도 피고 열매도 열리지만 화려하지 않아 이목을 끌지 못한다. 하지만 소나무는 언제나 푸르다. 계절에 따라서 옷을 갈아입고 잠시 잠깐 눈길을 끄는 나무들과는 다르다. 지조와 절개의 상징인 소나무는 오랫동안 선비들에게 사랑받았다. 평생을 소나무처럼 살다간 사람이 있다. 바로 나의 남편이다.

　우리는 칠 년 연애 끝에 결혼했다. 우리가 처음 만났을 때 나는 열아홉, 그는 스물두 살의 풋풋한 청춘이었다. 우리는 부천역 근처 공중전화 부스에서 만났다. 나는 그날 오랜만에 만난 친구와 놀고 있었다. 친구와 함께 있는 시간이 길어져서 부모님께 좀 늦을 것 같다고 말씀드리고 허락을 받아야 할 상황이었다. 근처

공중전화 부스 앞에서 우리 차례가 오기를 기다렸다.

공중전화 한 통화에 20원 하던 시절이었다. 그런데 친구도 나도 동전이 없었다. 우리 앞에서 전화를 사용한 사람은 전화기에 동전이 남아 있는데도 수화기를 내려버렸다. 수화기를 내리지 않고 올려두면 남은 돈으로 뒷사람이 통화할 수 있는데 말이다. 이것은 그 시절에 모르는 사람에게 베풀 수 있는 작은 호의 같은 것이었다.

"아! 어쩌지?"

"동전 빌려드릴까요?"

허탈해 하는 우리에게 누군가 말했다. 목소리를 듣고 뒤를 돌아봤는데 한 남자가 서 있었다. 그가 내민 50원짜리 동전을 수줍어하는 나를 대신해서 친구가 받았다. 통화를 마치고 나왔는데 그가 멀찌감치에서 우리를 기다리고 있었다. 나중에 알게 된 사실이지만, 그도 집에 전화해야 할 상황이었는데 준비한 동전을 우리에게 준 것이다.

"저기, 부탁 하나만 들어줄래요?"

대학생이던 그는 오랜만에 친구들을 만나서 술 한잔할 참이라고 했다. 그러면서 하는 말이 여자친구를 데리고 가서 인사만 시켜도 술값을 안 내도 된다고 도와달라는 것이다. 나는 너무 뻔한 접근 방식이 마음에 들지 않았다. 그런데 친구가 동전도 빌려줬는데 도와주자고 했다.

"동전 빌려드릴까요?"

"재밌잖아, 어려운 일도 아니고."

친구와 나는 그를 따라나섰다. 시끌벅적한 술집으로 들어서
자 그의 친구들이 기다리고 있었다.

"인사해. 이쪽은 내 여자친구야."

나는 깜짝 놀랐다. 불과 삼십 분 전에 처음 봤는데 여자친구

라니. 그의 넉살에 기가 막혔다. 그는 한술 더 떠서 보란 듯이 내 어깨에 손까지 얹었다.

"꼭 전화해요. 알았죠?"

헤어지기 전에 그는 나에게 성냥갑을 건넸다. 성냥갑에는 그의 이름과 연락처가 적혀 있었다. 내가 대답을 하지 않자 그는 몇 번이나 전화하라고 당부했다.

'웃기는 남자야.'

그리고 그와의 일을 잊었다.

그 일이 있고 몇 달 후에 교회에서 예배를 마치고 나오는 길에 또다시 그를 만났다. 우리는 서로의 연락처도 사는 곳도 몰랐다. 백 퍼센트 우연이었다. 그가 기다렸다는 듯이 물었다.

"왜 연락 안 했어요?"

알고 보니 우리는 거의 옆집이나 다름없을 정도로 가까운 곳에 살고 있었다.

남자답게 잘생긴 그는 키도 크고 체격도 좋아서 여자들이 호감을 느낄 만한 스타일이었다. 그에게 동전을 빌릴 때 같이 있었던 친구도 잘생겼다고 관심을 보일 정도였다. 어느 날 그가 입원했다는 연락이 왔다. 나는 이 소식을 친구에게 알려 주었고, 친구는 바나나를 사서 병문안을 다녀왔다. 내가 친구에게 어떻게 됐냐고 묻자, 친구는 실망스러운 얼굴로 대답했다.

"야! 날 샜어. 날 보자마자 하는 말이 '혜숙 씨는요?' 야, 나는 보이지도 않나 봐."

그에게 친구를 연결해 주고자 한 내 계획은 수포가 되었다. 이 일을 계기로 그와의 데이트가 시작되었다. 데이트라고 해 봤자 탁구장이나 공원, 산에서 만나 돌아다니는 게 전부였다. 실내에 있는 걸 답답해 하고 움직이는 걸 좋아한 그는 여러 가지 운동을 좋아했다. 탁구 실력을 자랑하고 싶었는지 탁구장에 가자고 했다. 내가 탁구를 잘 못 친다고 하자, 가르쳐 주겠다면서 나를 이끌었다. 그 외엔 항상 밖에서 만났다. 버스를 타지 않고 걸었고, 같이 산에 올랐고 공원에서 산책을 했다. 생각해 보니 참 많이도 걸어 다녔다.

만난 지 얼마 되지 않았던 어느 날 그는 갑자기 영월에 가자고 했다.

"친구들과 기차 타고 가서 당일치기로 놀고 오자. 재밌겠지?"

우리는 대학 동기들이 기다리고 있다는 청량리역으로 향했다.

그런데 친구들이 보이지 않았다.

"친구들이 늦나 봐. 기차 시간 늦겠다. 우리가 먼저 출발하면 다음 기차 타고 올 거야."

그 말을 믿고 그와 영월까지 갔다. 도착해서 아무리 기다려도 친구들은 오지 않았다. 알고 보니 그날은 그의 어머니 생신이었다. 솔직하게 얘기하면 내가 따라나설 것 같지 않아서 본의 아니게 거짓말을 했다고 실토했다. 이렇게라도 해서 부모님께 나를 소개하고 싶었던 것이다. 감쪽같이 속은 나는 어이가 없었지만 엉겁결에 부모님께 인사드리는 자리에 앉아 있었다. 돌아오는 길에 그는 몹시 뿌듯한 표정으로 말했다.

"부모님께서 마음에 들어 하셔서 정말 기분 좋아."

영월에 다녀온 후에 그는 본격적인 애정 공세를 시작했다. 남편은 나를 처음 보자마자 한눈에 내 여자라고 느꼈단다. 나는 그때 서울에 있는 회사에 다녔고 양귀자의 소설《원미동 사람들》이 나오는 동네에 살고 있었다.

우리 집 앞에 초등학교가 있었는데 남편은 공을 차고 놀다가 돌아가는 길에 우리 집 대문 앞에서 동네가 떠나갈 듯이 내 이름을 부르곤 했다. 내가 집에 없어도 정 많은 엄마와 할머니가 차려주시는 밥상을 맛있게 먹고 놀다가는 넉살 좋은 청년이었다.

그는 우리 집 대문 앞에서 기다리는 일이 많았다. 첫 아르바이트를 해서 받은 월급으로 카파 손목시계를 사서 집 앞에서 마냥 나를 기다렸다. 무슨 특별한 날이다 싶으면 추운 날이건, 더운 날이건 무작정 집 앞에서 언제 올지도 모르는 내가 보일 때까지 서 있었다. 손에는 늘 꽃다발이나 선물이 들려 있었다. 생일에는 장미, 튤립, 백합 같은 온갖 화려한 꽃들을 종류별로 엮어서 다발을 만들어 왔다. 꽃다발이 어찌나 촌스럽고 어설픈지 들고 다니기 부끄러울 정도였다.

"왜 만날 기다려요?"

"내 마음이야. 기다리는 거 가지고 뭐라고 하지 마."

때로는 부담스러웠지만 그의 순수함이 싫지 않았다. 게다가 그는 원래도 어른들에게 잘했는데 내 부모님께 정말 잘했다. 내가 추구하는 가치관과 사고방식이 그와 잘 맞았다. 그래서 우리는 결혼을 했다.

"우리는 50원 때문에 결혼한 거야. 내가 왜 그렇게 당신을 따라다닌 줄 알아?"

"왜?"

"50원 받으려고. 지금이라도 갚아. 이자까지 다 쳐서."

생글생글 웃으며 말하던 얼굴이 지금도 눈에 선하다. 요즘 부쩍 그 시절이 생각나는 것은 기쁜 우리 젊은 날, 그 아름다운 청춘, 그와 함께했던 빛바랜 추억이 너무도 그립기 때문일 것이다. 남편은 얼마나 건강하고 멋있었던가. 그런 그가 나를 얼마나 많이 사랑해 주었던가.

그는 나에게 이십 년도 훌쩍 넘는 세월 동안 한결같은 사랑을 주었다. 소나무처럼 한 자리에서, 오직 나를 위해서. 지금 그를 생각만 해도 사무치는 까닭은 그 사랑을 너무 늦게 깨달았기 때문일 것이다.

어려운 것,
사랑

세상에 태어나서 지금까지 살면서 크나큰 가르침이 있다. 바로 사랑처럼 어려운 게 없다는 것이다. 인간은 너무나 불완전한 존재라서 절대로 타인을 이해할 수 없다. 그런데도 다른 사람에게 인정받고 사랑받길 원한다. 그것은 대단한 능력과 지위를 가진 사람이든, 가난한 사람이든, 지극히 평범한 사람이든 마찬가지다.

뒤늦게 공부를 하면서 나는 어린 시절에 부모님과의 애착 관계를 제대로 형성하지 못했음을 알았다. 나에게 타인은 언제나 어려운 숙제였다. 누군가 나를 좋아하지 않는다고 생각되면 초조했고 나에게 호의를 베풀어도 불안했다.

'저 사람은 왜 나에게 잘해 주는 걸까? 혹시 나에게 바라는

게 있나?'

이런 생각 때문에 절대로 빚지고는 살지 못했다. 누군가에게 하나를 받으면 열을 돌려줘야 마음이 편하다. 이것은 사랑받아 본 적이 없어서 다른 사람을 잘 믿지 못하기 때문이다. 누군가를 믿고 마음을 줬다가, 그 사람이 돌아서면 어떻게 하나 나는 늘 두려웠다. 그러다 보니 사람 좋아하고 사교적이지만 진정으로 마음을 열지는 못했다. 나를 있는 그대로 보여 주면 안 된다는 생각이 들었다. 누군가에게 날것 그대로의 내 모습을 보여 줘도 나를 떠나지 않고 배신하지 않을 것이라는 확신이 없었다. 상대방을 전적으로 신뢰하고 베푸는 것이 사랑임을 머리로는 알았지만 행하려고 하면 두려웠다. 용기를 낼 수 없었다.

동네 어르신들을 위해 음식 봉사를 할 때 교회 사모님이 이런 말씀을 하셨다.

"자기 자신이 얼마나 괜찮은 사람인지 알지 못해서 참 안타까워요. 혜숙 씨는 지금 이대로도 괜찮은 사람이에요. 믿을 만한 단 한 사람만 찾아보세요. 그 사람을 사랑함으로써 자신을 사랑하세요."

내 모든 것을 주고 돌려받지 못해도 상처 입지 않는 사랑, 사랑은 너무 어렵다. 이제는 그런 사랑이 무엇인지 조금 알 것도 같지만 여전히 나는 내 안에서, 그 옛날 상처 입은 채로 울고 있는 어린아이를 본다.

사람을 믿지 못하는 병, 그런 병이 있다면 나도 그 병에 걸린 건지도 모른다. 믿었지만 믿음이 어그러졌거나, 따랐지만 나의 손을 놓았거나, 기다렸지만 오지 않았거나, 약속했지만 지키지 않았거나. 수없이 많은 절망과 실망을 겪고 내 안에 고질병이 자라났을 것이다. 내 마음이 의심으로 찰랑거렸다. 누구도 믿지 말자고, 믿을 분은 오직 예수님뿐이고 사람은 그저 사랑의 대상일 뿐이라고, 나에게 약속하며 살았던 시간이 있었다.

하늘이 흙빛을 띠며 우중충하게 찌푸렸던 그날 아침, 나는 부동산 사무실 앞에 차를 세우고 남편을 기다렸다. 한참을 기다렸지만 남편은 나타나지 않았다. 그때 우리는 이혼 절차를 밟고 있었다. 이번엔 정말 끝이라고 생각하자, 만감이 교차했다.

남편과의 인연은 참으로 지난했다. 수도 없이 그를 떠나겠다고 결심했지만 마음먹은 대로 되지 않았다. 남편은 떠안을 수도 버릴 수도 없는 그런 존재였다. 우리는 어떤 인연으로 만났기에 이토록 질기게, 서로를 놓지 못하는 것일까. 하지만 그날은 마음을 단단히 먹었다. 절대 흔들리지 않겠다고 다짐하면서 남편이 오기만을 기다렸다. 남편과 부동산 사무실에 들어가서 각자 집을 얻어서 헤어질 생각이었다.

시간을 확인하며 남편을 기다리는데 멀리서 초라한 행색의 남자가 주저하듯, 배회하듯 다가왔다. 행색이 너무나 초라해서 저절로 눈길이 갔다. 아침부터 왜 저런 행색으로 돌아다니는지 궁금할 정도였다. 남자는 가까이 다가왔고 자세히 보니 내 남편이었다.

"왜 그래? 무슨 일이야?"

놀라서 물었지만 묵묵부답이었다. 몇 번을 다그쳐 물었더니 그제야 대답했다. 전날 밤에 술을 마시고 공원에서 자다가 도둑에게 주머니 다 털리고 이런 꼴이 됐다고. 기가 막혀서 말이 나오지 않았다. 그리고 마음 한편에서 가늠할 수 없는 연민이 물안개처럼 피어올랐다.

나는 내가 받은 상처와 아픔만 곱씹었지 그가 사랑받지 못했다는 생각은 하지 못했다. 내가 사랑받지 못했다고 느꼈던 것처럼 그도 나에게 사랑받은 적이 없다. 남편의 초라한 행색 너머에 외적으로 내적으로 애정이 결핍된 영혼이 웅크리고 있는 것 같았다.

그리고 '그 또한 내가 사랑한 아들이다. 귀하게 여겨야 한다'는 하나님의 목소리가 들리는 것 같았다. 나는 그 자리에서 울어버렸다. 남편은 어리둥절해 했다.

"당신이 왜 울어?"

나도 내가 왜 우는지 알 수가 없었다. 그토록 그를 떠나고 싶었다. 이혼하는 과정에서 우리는 서로의 바닥까지 보고 말았다. 재산분할에서 내가 얼마를 가질 수 있는지에 대해서는 관심도 없었다. 그저 남편과 질긴 인연을 청산하고 해방되고 싶은 마음뿐이었다. 그런데 이런 모습으로 나타나서 뭘 어쩌자는 것인지.

나는 남편이 내 인생을 망쳤다고 생각했는데 그 말을 뒤집어 보면 나도 남편 인생을 망가뜨린 셈이다. 이런 그와 헤어지면 하나님과 내 모든 것이 떠날 것 같아서 두려웠다. 결국, 그날도 그와의 인연을 정리하는 데 실패했다.

제일 큰 원인은 나를 향한 남편의 짝사랑 때문이다. 나에 대한 남편의 사랑은 마치 진돗개 같았다. 언제나 한결같았고 내 곁을 떠날 줄 몰랐고 오직 나만을 바라봤다. 차라리 나에게 무심했더라면, 권태기를 겪는 여느 부부들처럼 데면데면하게 살아갔을지도 모른다. 사랑하는 방법이 분명히 잘못됐는데도 나를 향한 사랑은 남편이 갑자기 세상을 떠날 때까지 멈추지 않았다.

그는 너무 빨리 떠났고 나는 너무 늦게 깨달았다. 내 인생에서 가장 중요한 사건 두 가지가 잔인하게 엇갈렸다. 남편이 세상을 떠난 후에야 다른 사람을 신뢰하고 아니, 온전히 믿고 있는 나를 발견했다. 아무런 의심도 두려움도 없이, 그 어떤 우려도 어떤 불길한 가정도 없이 그의 진정을 믿게 되었다. 나자신도 놀라웠다.

그러자 마치 세상을 다 가진 것만 같았다. 믿음은 겪어 보지 못한 불확실한 미래까지 조건 없이 안고 가는 것이다. 내 안에 오래 머물러 있던 불신이란 아이를 믿음으로 다독여 준 유일한 한 사람. 그로 인해서 나는 살면서 한 번도 누려보지 못한 마음의 안정을 찾게 되었다.

믿음이란 한 점 의심도 없이, 그저 묵묵히 믿어주고, 기다려 주고, 응원해 주고, 손잡아주는 것이라고 가슴으로 가르쳐 준 남편에게 감사한다. 그가 너무나 긴 세월 동안 나에게 주었던 진돗개 같은 사랑을 영원히 간직할 것이다.

나의
천사들

동물을 좋아하는 사람은 크게 강아지 파와 고양이 파로 나뉜다고 한다. 나는 아주 충성스러운 강아지 파다. 독립적이고 사람을 잘 따르지 않고 호기심 많은 우아한 고양이도 예쁘고 매력적이지만, 나는 강아지를 더 좋아한다. 웃고 있는 듯한 강아지의 표정, 쏙 내민 혀, 길고 부드러운 털, 꼬리를 마구 흔들면서 반기며 달려오는 모습은 언제 봐도 저절로 미소가 지어진다.

요즘 나는 강아지 세 마리를 키우고 있다. 일과가 끝나고 집으로 돌아가는 길이면 녀석들 얼굴이 떠오른다. 현관문을 열고 들어가면 얼마나 신이 나서 나를 반겨줄까. 가슴이 두근거린다. 강아지들을 태우고 드라이브를 하거나 산에 오르는 것은 일상에서 빼놓을 수 없는 소중한 즐거움이다.

나는 어릴 때부터 동물을 좋아했고 나이가 들어서도 여전히 좋아한다. 많은 동물 중에서 개를 유독 좋아하는 이유는 그 충성스러움 때문이다. 개는 바보 같을 정도로 사람을 좋아하고 따른다. 여러 종중에 많은 사람에게 사랑받는 비글이 있다. 발랄하고 항상 명랑하고 활력이 넘치는 개다. 만화 주인공 스누피가 바로 이 종이다. 그런데 비글은 동물 실험에 자주 동원된다고 한다. 왜냐하면 사람을 너무나 좋아해서, 자신을 실험 대상으로 여기는 인간에게도 충성하기 때문이다. 나는 이 이야기를 듣고 너무 슬펐다. 진실한 사랑, 충직한 마음을 주는 쪽은 항상 이용당할 수밖에 없는 걸까?

나는 강아지의 순진무구한 사랑을, 사랑으로 돌려주고 싶다. 그래서 오늘도 강아지에게 사랑을 준다. 그것도 아주 듬뿍. 지금까지 강아지 여섯 마리를 키웠다. 그중 세 마리는 하늘나라로 떠났다. 가슴 아픈 이야기를 하자면 이렇다.

남편과 나는 주말마다 강아지를 데리고 산책하는 게 일과였다. 하루는 부부싸움을 해서 집안 분위기가 냉랭했다. 그런 가운데 남편은 말도 없이 강아지를 데리고 호수공원으로 산책을 나갔다. 몇 시간 뒤에 돌아온 남편은 혼자였다. 어떻게 된 일이냐고 묻자, 큰길에서 강아지를 잃어버렸다고 했다. 강아지를 좋아하는 사람이라면 내 심정을 이해할 것이다. 그때 나는 내 아이를 잃어버린 것 같은 충격을 받았다.

남편의 입에서 '잃어버렸다'는 말이 떨어지기 무섭게 호수공원으로 숨이 가쁘도록 뛰어갔다. 강아지 이름을 부르면서 호수공원을 열 바퀴도 넘게 돌았다. 지쳐서 쓰러질 지경이 돼서야 정신을 차렸다. 그리고는 내내 눈물바람이었다. 며칠을 울었을까. 어린이집 오전 회의를 마치면 전단을 붙이러 다니는 것이 새로운 일과가 되었다. 강아지 사진을 넣은 전단에 강아지의 특징, 잃어버린 장소, 사례금 등을 써서 여기저기에 붙였다.

"비슷한 강아지가 지금 호수공원에 있어요!"

교회 예배 중에 걸려온 전화 한 통에 나는 그만 이성을 잃었다.

"어디서요? 지금 어디에 있나요?"

나는 말이 끝나기도 전에 곧바로 차로 갔다. 운전석에 앉았는데 손이 떨리고 다리가 후들거렸다. 남편은 그런 내가 걱정됐는지 따라 나와서 차창을 두드렸다.

"그 상태로는 위험해."

"지금 빨리 가야 해. 다른 데로 가버리면 어떡해."

남편이 옆에 탄 줄도 모르고 신호를 위반해 가면서 호수공원으로 갔다. 갑자기 남편이 할 말이 있으니 차를 세우라고 했다. 잔뜩 굳은 남편의 표정에서 불길한 예감이 느껴졌다. 제발 아니기를 바랐다.

"무슨 얘긴데?"

　그가 말하길 강아지는 잃어버린 것이 아니라 죽었단다. 잡고 있던 줄을 잠깐 놓쳤는데 달려오던 차에 치였다는 것이다. 내가 이 사실을 알게 되면 너무 큰 충격을 받고 슬퍼할 것 같아서 차마 말할 수 없었다는 것이다.

　"잠깐 찾다가 그만둘 줄 알았지. 포기하지 않고 헤맬 줄 몰랐어."

　"당신, 어떻게 그럴 수 있어. 어떻게!"

　하염없이 흐르는 눈물을 닦으면서 강아지 묻힌 곳을 물었다.

빨리 그곳에 가야겠다는 생각뿐이었다. 강아지는 이미 죽었고 내가 할 수 있는 일은 아무것도 없었다. 나는 남편을 앞세워 강아지 묻힌 곳으로 갔다. 그곳에 주저앉아서 얼마나 울었는지 모른다.

남편은 울고 있는 내 등을 토닥이면서 미안하다고 했다. 병원에 데려갈 수 있는 사고가 아니었다고 말했다. 나는 남편 품에서 한참을 울었다. 남편에게 부탁해서 어린이집 마당 한편에 강아지를 묻었다. 준비 없는 이별이라 슬픔이 더 크고 깊었다. 차가 달려오는 순간 얼마나 무서웠을까. 내가 나타나서 구해 주기를 얼마나 바랐을까.

강아지를 자식같이 생각하는 나를 보고 사람들은 주인 잘 만나서 행복한 강아지라고 하지만, 나는 그렇게 생각하지 않는다. 도리어 내가 강아지들, 천사들을 만나서 정말 많은 것을 얻었다. 강아지가 있어서 마음 둘 곳이 있었다.

기르던 강아지들이 모두 건강하게 살다가 갔으면 좋았을 텐데. 그들 역시 생명인지라 질병을 피할 수가 없다. 게다가 동물병원은 보험이 되지 않고 수술비용과 약이 굉장히 비싸다. 돈 때문에 사랑하는 강아지를 살릴 수 없다는 것은 주인에게 두고두고 상처로 남는다. 안락사한 후에 죄책감 때문에 너무나 괴로웠던 기억 속의 또순이.

병에 걸린 강아지를 보면 오래전 내가 생각났다. 돈 때문에

삶의 기회와 학업의 기회를 놓쳤던 과거의 나. 강아지와 나를
동일시하면서 강아지를 껴안고 울었던 날들도 있다.

　가슴에 묻은 내 자식들, 오늘따라 유난히 그 아이들이 생각
나고 보고 싶다.

반려견,
토토

　가수 이효리의 반려견 순심이는 그 주인만큼이나 유명하다. 유기견이었던 순심이는 이효리에게 입양되면서 '사지 마세요, 입양하세요'라는 동물보호 포스터 모델로 등장하기도 했다. 사랑하면 닮는다더니 이효리와 순심이는 매력적이면서도 천진한 얼굴이 어딘가 모르게 닮은 것 같다.

　이효리는 순심이 외에도 여러 마리의 개들과 함께 제주도에서 살고 있다. 그리고 틈틈이 동물보호에 앞장서서 홍보물을 만들고 봉사도 한다고 한다. 가수로서 섹시하고 화려한 그녀의 모습도 멋있지만, 동물보호에 나선 모습은 얼마나 멋진지. 화려한 모습 뒤에 버려진 동물을 대하는 따뜻한 마음이 있어서 수많은 팬이 그녀를 사랑하는 것이리라. 그녀처럼 동물을 좋아하는 사람으로서 나도 동물에게, 특히 주인에게 버림 받은 동물에게 작은 도움이라도 주면서 살고 싶다.

처음 만났을 때 토토는 늙고 병들었고 버림 받은 상처가 있었다. 낯선 사람을 보면 경계하고 맹렬하게 짖었다. 한때는 주인에게 귀염 받았을 텐데, 이런 모습이 안타까웠다. 토토의 첫인상은 사람으로 치면 노숙자나 부랑자 같았다. 털은 푸석하고 심한 악취를 풍겼고 피부병까지 앓고 있었다. 누구 하나 토토에게 눈길 주는 사람이 없었다. 사람이나 동물이나 사랑받지 못하는 존재는 비참하다.

무슨 생각이었는지, 나는 토토가 한없이 측은했다. 그래서 집으로 데려가기로 했다. 아니, 깊이 생각하지도 않았다. 내가 당연히 해야 할 일처럼 느껴졌다. 아마도 토토와 나의 운명이 아니었을까 싶다. 나는 일단 토토를 데리고 애견 미용실로 갔다. 더러워진 털을 싹 밀어버리고 피부병부터 치료해야 했다. 그런데 미용실 직원이 토토를 거부했다.

"고객님, 죄송합니다. 이 개는 도저히 안 되겠어요."

"안 된다고요? 왜요?"

"악취도 너무 심하고, 피부병도 있는 거 같아요. 죄송하지만 데리고 나가주시겠어요? 다른 손님들도 불편해 하실 것 같아서요."

직원은 최대한 친절하게 말했지만 나는 여간 서운한 게 아니었다.

그 길로 토토를 안고 집으로 와서 씻기고 털을 다듬고 연고를 발라 주었다. 토토는 미용실 직원 말대로 병이 깊었다. 배와 옆구리 쪽에는 커다란 혹도 있었다. 나중에 알고 보니 종양이었다. 씻기고 털을 다듬어주자 꾀죄죄하던 몰골이 조금은 깔끔해졌지만 늙고 병든 개라는 사실은 변함이 없었다.

주변에서는 귀엽고 사랑스러운 개도 많은데 왜 하필 그런 개를 데려와서 키우느냐고 성화였다. 그런 말을 들을 때마다 서운했지만 주변 사람들이 그렇게 말하는 것도 무리는 아니었다. 토토를 볼 때마다 마음이 아프고 심란했다. 내가 끝까지 책임질 수 있을까? 어느 날 돌보기 힘들어지지 않을까 하는 생각이 들었다.

누군가를 돌본다는 것은 부모와 자식처럼 가까운 사이에서도 쉽지 않은 일이다. 버려진 떠돌이 개를 계속 돌본다는 것도 마찬가지였다. 결코 쉽지 않을 것을 알면서도 나는 토토를 집에 들일 수밖에 없었다. 왜 그런지 모르겠지만, 강아지를 볼 때마다 나 자신을 보는 것 같다. 토토를 처음 봤을 때도 그런 생각이 들었다.

'저렇게 떠돌다가 병이 깊어지면 죽겠지? 그러면 죽을 때까지 한 번도 사랑받지 못하는 건가? 저 강아지도 태어난 이유가 있고 사랑받을 자격이 있는데 너무 가혹하잖아.'

이렇게 생각하자 알 수 없는 슬픔이 밀려왔다. 토토라고 해서 태어나고 싶어서 이 세상에 왔을까? 영문도 모르고 태어났는데 버려지고 떠돌고 고생만 하다가 죽는다면……. 내가 조금만 수고를 하면 토토도 사랑이란 걸 알 수 있을 거라는 생각이 들었다. 나는 토토에게 조건 없고 대가 없는 사랑을 주고 싶었다. 사랑, 그것은 내가 유년시절 내내 간절하게 바랐던 것이다. 가난하고 형제 많은 집에서 자라면서 누구에게도 관심과 사랑 받을 수 없다고 생각했던 나였다.

산전수전을 겪은 토토는 눈빛 또한 슬펐다. 토토의 눈빛을 볼 때마다 마음이 아팠다. 그 눈빛은 모든 걸 포기하고 체념한 듯했다. 얼마나 인간에게 상처를 받았으면, 얼마나 고통스러웠으면 저런 눈빛일까? 내가 사랑으로 보살피는 중에도 슬픈 눈의 토토는 쉽게 경계를 풀지 않았다.

토토를 돌보기 시작한 지 한참이 지나서야 조금씩 경계를 풀고 조심스럽게 다가왔다. 가끔은 생각에 잠겨서 나를 바라보는 것 같았다. 왜 나에게 이렇게 잘해 주는지 의아해하는 것 같았다. '저 사랑도 진심이 아니고 언젠가 돌변할 거야' 하는 듯한 의심스러운 눈빛. 그런데도 사랑받는 것이 좋아서 꼬리는 살랑살랑 흔들었다. 그래, 도대체 사랑이 아니면 무엇으로 아픔과 상처를 치유할 수 있을까? 아무리 깊은 상처도 사랑이라는 묘약이 스며들면 조금은 누그러진다. 그래서 사랑이 위대하고 힘이 있는 것 같다.

그런데 행복한 시간은 너무 짧았다. 토토의 심장은 갈수록 쇠약해졌다. 평생 약을 먹어야 살 수 있는 상태가 되었다. 잠 간 상태가 호전돼서 약이 떨어졌는데도 병원에 가는 것을 잠 깐 미뤘다. 너무 바쁘고 정신이 없었다. 갑자기 증상이 악화된 토토가 숨을 헐떡이기 시작했다. 심장이 아플 때마다 나타나 던 증상이다.

"토토, 미안해. 내일은 꼭 병원 가자. 병원 가면 안 아플 거 야. 조금만 참아."

토토는 평소에 자신을 불쌍히 여기고 예뻐했던 남편 옆에 꼭 붙어서 떨어지지 않았다. 토토는 제 죽음을 예견한 걸까? 깜 빡 잠이 들었다가 새벽에 일어나서 보니 토토가 남편 옆에서 죽어 있었다. 나 때문에 토토가 죽은 것만 같았다. 내가 슬퍼 하자 남편이 위로해 주었다.

"유기견이었잖아. 그래도 일 년은 사랑받고 살아서 그나마 다행이라고 생각하자. 너무 괴로워하지 마."

우리 집에서 누린 가족애, 토토에게는 사랑이 잠깐의 행복 이었을 것이다. 토토에게 뭔가 해줄 수 있어서 얼마나 다행인 지 모른다. 토토가 외롭지 않게 어린이집 마당, 뚱이 옆자리에 나란히 묻어주었다. 남편에게 다시는 강아지 키우지 않겠다고 말했다. 남편도 아이들도 이 말을 못 믿겠다는 표정이다.

불꽃 같은
사랑

드넓은 해변에 검은 피아노 한 대가 놓여 있다. 검은 드레스에 모자를 쓴 여인은 어딘가 모르게 자유롭지 못하고 경직되어 보인다. 피아노 위에는 천사 같은 여자아이가 앉아 있다. 영화를 보기도 전에, 포스터의 강렬한 이미지만으로도 호기심을 느낀 경우는 처음이었다. 이 영화는 무슨 내용일까? 저 여자는 어떤 사람일까?

가장 좋아하는 영화를 한 편 고르라고 하면 나는 주저하지 않고 제인 캠피온의 〈피아노〉를 꼽는다. 이 영화는 보고 또 봐도 모자라서 몇 번을 돌려봤다. 영화의 배경은 19세기, 주인공 에이다는 여섯 살 이후부터 말하기를 거부하고 침묵을 선택한다. 에이다는 얼굴도 모르는 남자와 결혼하기 위해 어린 딸과 함께 뉴질랜드에 도착하면서 이야기가 시작된다.

남편과 애정이 없었던 것은 물론이고 사실 그녀의 결혼은 돈 몇 푼에 팔려간 것이나 다름없다. 그래서 오로지 피아노 연주에만 몰두한다. 그러다 바닷가에서 피아노를 연주하는 모습에 반한 베인스에게 피아노를 가르치게 된다. 그때부터 어둡게 가라앉았던 그녀의 내면은 격랑으로 출렁이기 시작한다.

바다와 파도를 배경 삼아 피아노를 연주하는 주인공은 너무도 매혹적이다. 이 영화를 좋아하는 수많은 이들이 고적한 바닷가에서 피아노 연주하는 장면을 명장면으로 꼽는 것도 그래서다. 에이다가 행복한 얼굴로 피아노를 치면 그 뒤로 하얀 파도가 부서진다. 딸은 모래사장에서 춤추며 뛰어놀고, 이웃집 남자, 베인즈는 호기심 어린 눈빛으로 주위를 어슬렁거린다. 너무도 아름답고 경이로운 장면이다.

말을 못 하는 주인공에게 피아노는 유일한 소통 수단이다. 피아노 선율은 문장이 되어 그녀의 기분을 투영한다. 사람들은 에이다를 백치와 다를 바 없다고 여기지만, 그녀의 마음속에는 '시퍼런 파도의 칼날' 같은 무서운 열정과 에너지가 가득하다. 그것을 분출해 내고 표현하는 수단이 바로 피아노다.

내가 이 영화를 특별히 좋아하는 것은 마음을 흔들어놓은 스토리와 아름다운 대자연, 그리고 음악 때문이다. 에이다 역의 홀리 헌터가 트레이닝을 받고 대역 없이 직접 피아노 연주를 한 것은 놀라운 일화가 아닐 수 없다. 또 스코틀랜드의 민속 음악과 담담한 피아노 솔로, 감정 과잉의 오케스트라 편성까지, 이 영화의 음악은 가히 완벽하다고 할 수 있다. 사운드트랙의 모든 곡에 녹아든 창백하고 순수한 피아노 선율은 언제 들어도 가슴을 울린다.

〈피아노〉는 내 마음속에도 에이다의 그것처럼 붉고 선명한 열정이 있음을 일깨워준 영화다. 나는 모든 사람의 마음속에 이런 불꽃이 숨겨져 있다고 믿는다. 그저 감춰져 있을 뿐, 잠자고 있는 것처럼 보이다가도 무섭게 휘몰아치는 파도처럼, 새로운 바람을 만나면 깨어날 것이다.

에이다의 사랑이 짙은 선홍색이라면 프란체스카의 사랑은 그보다 더 깊고 풍부한 진홍색이다. 나에게 사랑을 가르쳐 준 또 한 명의 여자 프란체스카. 그녀는 아이오와 주 작은 마을에서 농부의 아내로 살아간다. 어느 여름, 남편과 아이들이 박람회에 가기 위해 집을 비운 사이에 그녀는 평생 잊지 못할 특별한 사랑을 경험한다. 그녀의 사랑은 매디슨 카운티의 다리를 촬영하러 온 〈내셔널 지오그래픽〉의 사진 기자 로버트와의 우연한 만남으로 시작된다.

로버트는 프란체스카에게 진정한 사랑을 느낀다. 어쩌면 생애 마지막일지도 모르는 사랑이다. 그녀를 깊이 사랑하게 된

로버트는 함께 떠날 것을 제안하지만, 프란체스카는 그의 제안을 거절한다. 자신이 가정을 버리고 그를 따라나서는 순간 모든 것이 달라질 것이며 둘의 사랑도 언젠가는 변할 것이라는 게 이유였다. 프란체스카는 남편과 함께 읍내에 갔다가 쏟아지는 빗속에 서 있는 로버트를 발견한다. 말없이 서로를 바라보는 두 사람, 프란체스카는 남편의 차 안에서 문고리를 잡고 눈물을 흘린다.

이 이야기는 소설과 영화로 수많은 이에게 사랑받은 〈매디슨 카운티의 다리〉의 줄거리다. 가정이 있는 중년 여성 프란체스카와 전 세계를 떠돌며 사진을 찍는 로버트가 만들어낸 4일간의 사랑은 그 자체로 작은 기적이다.

굳이 따지자면 불륜이지만 불륜이라는 단어로 단정짓기에는 너무나 애달픈 사랑이다. 수많은 사람이 이 사랑에 감동한 것은 평생에 단 한 번 느낄 수 있는 확실한 감정, 그 사랑을 평생 가슴에 담고 살아가는 것은 매우 드물고 어렵기 때문일 것이다.

이 작품은 소설로 출판된 당시부터 많은 이들을 눈물짓게 했고 영화에 이어서 뮤지컬도 제작되었다. 천부적인 재능을 가진 메릴 스트립은 평생 지켜온 가정과 새로 눈뜬 사랑 사이에서 고뇌하는 여성을 너무나도 완벽하게 표현하였다. 메릴 스트립의 연기는 언제나 최고다.

내가 이 영화를 통해서 깨달은 것은 사랑에는 여러 모습이 있다는 것이다. 불같이 뜨거운 사랑이 있는가 하면, 멀리서 바라만 보는 사랑도 있다.

예전에 꽃꽂이의 매력에 푹 빠졌던 적이 있다. 꽃꽂이를 하면서 깨달은 사실은 꽃이 너무 예쁘고 남은 꽃이 아깝다고 더 꽂으면 안 된다는 것이다. 그렇게 하면 지저분하고 산만해져서 작품을 망치게 된다. 아무리 예쁜 꽃도 꼭 있어야 할 곳에, 알맞은 양만 꽂아야 조화롭고 아름답다. 절제된 아름다움이랄까. 사랑도 마찬가지다. 절제된 아름다움이 있어야 사랑이 더 고귀해진다. 사랑이라는 이름으로 갖고 싶다고 다 가져서는 안 된다. 멀리서 아껴주고 지켜주는 사랑이 더 아름답다.

프란체스카는 왜 처음 느낀 강렬한 사랑 앞에서 함께 떠나자는 연인의 제안을 거절했을까? 가족을 떠날 수 없다는 것이 그 이유일 수 있겠지만, 아마도 4일간의 완벽했던 사랑을 오롯이 간직하고 싶었을 것이다. 사랑은 어떤 장애도 뛰어넘을 만큼 강하지만 때로는 쉽게 변하기도 한다. 이런 사랑의 모순을 알기에 그녀는 완전한 사랑을 영원히 기억하는 쪽을 선택한 것이다.

로버트의 마음은 어땠을까? 그녀를 진심으로 사랑한 그는 그녀가 가족과 함께할 수 있도록 배려한다. 절제된 사랑을 행한 것이다. 죽기 직전에는 그녀와의 추억이 담긴 사진과 카메라, 유품을 프란체스카에게 보냄으로 평생 자신의 감정을 절제하면서 죽을 때까지 그녀를 잊지 못했음을, 아니 잊지 않았음을 보여 준다.

프란체스카가 남긴 일기장에는 이렇게 쓰여 있다.

"나는 그때 로버트 킨케이드를 따라가지 않았던 것을 후회하지 않는다."

영화가 끝났을 때 나는 프란체스카와 로버트가 영혼이라도 함께하기를 빌었다. 평생을 가족들과 함께했으니 영혼은 그를 따라가도 되지 않을까?

비록 도덕적인 잣대로 보면 불륜이지만, 나에게 두 사람의 사랑은 조금도 통속적이지 않았다. 서로를 지켜주는 두 사람의 절제된 사랑은 죽음마저 초월한 것 같아서 오히려 아름답게 느껴졌다.

사실 나는 세상의 도덕이나 윤리에는 크게 관심이 없다. 모든 사람이 비난하고 손가락질하는 일도 그럴 수 있다고 쉽게 이해하는 편이다. 인간이 얼마나 나약한 존재인지 알기 때문이다. 나약하게 태어나서 거친 세상을 살아가는 것은 누구에게나 만만치 않은 일이다. 그 과정에서 발생하는 용서받지 못할 일이나 잘못 역시도 인간에게 주어진 숙명이라고 생각한다.

지난 세월에
띄우는 편지

당신과 함께했던 25년의 세월이 어디로 갔을까? 난 누구고 여긴 어디고 도대체 나에게 무슨 일이 일어난 거지? 왜 내게 이런 아픔을 주고 떠난 거야?

당신의 부재를 믿을 수도 인정할 수 없어 매일매일 당신 앞에서 목 놓아 울어보지만, 영정사진 속 당신은 말없이 웃고만 있네. 자신을 죽음으로 몬 몹쓸 통증마저 용서한 환한 얼굴로 나를 바라볼 뿐 아무 말이 없네. 뭐라고 말 좀 해봐.

떠난 후에야 받은 사랑이 사무치는 건 왜일까. 그 많은 시간 속에서 나는 왜 깨닫지 못하고 더 사랑하지 못했을까? 당신의 아픔을 아랑곳하지 않고 내 행복만을 생각했을까? 이기적인 나 때문에 당신 마음에 외로움이 겹겹이 쌓이고 결국 불치의

병으로 내 곁을 떠나가게 한 것 같아. 말로는 표현할 수 없는 당신과의 잔인한 헤어짐이 내가 살아온 삶의 인과응보라는 생각이 들어. 지금 같은 마음으로 살았더라면 좋았을 것을……

당신이 떠나고 시간이 흐를수록 내 인생에 본질은 아픔과 슬픔, 그리움, 속절없음으로 점철돼 버렸어. 세상에 대한 미련도 원망도 없고, 삶을 향한 애정도 애착도 사라졌어. 할 수만 있다면 내 남은 삶도 세상에 반납하고 사랑을 잃어버린 가혹한 형벌에서 벗어나 당신 곁으로 가고 싶어.

지금 나는 죽음 같은 고통의 터널 속을 헤매고 있어. 더 이상 나는 두려운 것도 없어.

당신이 냉동실에 가지런히 채워놓은 강원도 찰옥수수, 내가 좋아한다고 실컷 먹으라고 더운 여름날 땀을 뻘뻘 흘리면서 맛있게 삶아 줬잖아. 그 옥수수 하나 먹고 힘을 내보려고 식탁에 앉았는데 목구멍을 타고 올라오는 알 수 없는 통증 때문에 옥수수 알을 삼킬 수가 없었어. 당신에게 받은 사랑이 너무나 사무쳐서 결국 눈물을 한 바가지 쏟고도 모자라서 엉엉 울어 버렸어. 사실은 나 당신 없는 세상에 홀로 남겨진 게 너무 무섭고 두려워.

아무리 불러도 울어도 돌아오지 않을 사람이란 걸 알지만, 온몸에 고인 깊은 슬픔은 당신 이름만 불러도 봇물처럼 흘러넘쳐. 눈물의 바다는 한없는 그리움으로 넘실거리고 있어. 살면

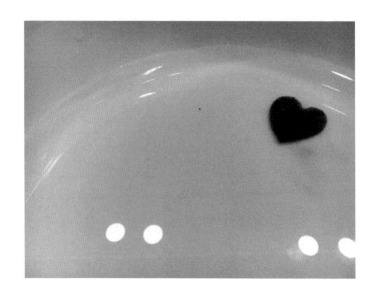

서 단 한 번도 이렇게 오랫동안 떨어져 있어 본 적이 없잖아.

　당신 떠나고 많은 것이 변했어. 그냥 산다는 게 이런 걸까. TV는 24시간 혼자 떠들고, 신문은 눈처럼 쌓이고, 베란다의 화초는 잎이 바짝 말라 죽어가고 밥을 먹어도 뭘 먹었는지 무슨 맛인지 모르겠어. 누구와 얘기를 해도 기억이 안 나고 새벽에 혼자 깨어 몽유병 환자처럼 횡설수설해. 등 뒤에서 당신이 나를 부르는 것 같아 자꾸 뒤돌아보고, 당신이 안방 문을 열고 나올 것만 같아.

　사망신고 때문에 서류를 정리하는데 12월 12일, 우리가 혼인 신고한 날이었어. 당신 기억 나? 영월에서 했던 결혼식. 눈 내리던 날, 당신과 부부의 연을 맺고 신혼여행도 영월 부모님이 계신 곳으로 다녀왔잖아. 서류를 정리하고 사망신고를 하면 당신이 영영 돌아오지 못할 것 같아서 신고도 유품 정리도 도저히 할 수 없었어. 얼마나 더 많은 눈물을 흘려야 이 슬픔에서 벗어날 수 있을까. 마음 깊은 곳에 눈물샘이 터진 것처럼 눈물이 멈추질 않아.

집 안 구석구석에서 당신 목소리가 들리고, 당신의 손길과 숨결이 켜켜이 쌓여 있는 이 집에서 살 자신이 없어. 그래서 이 집을 떠나기로 했어. 이제 모든 걸 혼자 해야 하는데 당신 없이 아무것도 할 수 없는 나는 왜 그렇게 큰소리치면서 살았을까. 난 이렇게 이기적으로 건강하게 사는데 자신에게 인색하고 다른 사람만 챙긴 당신이 조금만 더 이기적으로 살았으면 50년은 더 살지 않았을까.

내가 그렇게 좋아하던 음악도 이제 들을 수가 없어. 음악이 불러내는 먼 기억, 풍경 속에 늘 당신이 있기 때문이야. 우리 젊은 날의 아련했던 추억들이 어제 일처럼 눈에 선해. 뭘 봐도 뭘 해도 생각은 당신에게로 향하고 아무것도 들여놓을 수 없는 빈 가슴으로 잠들면 꿈으로 찾아오던 당신.

꿈에서 당신이 살아서 집으로 돌아왔어. 초췌하지만 건강한 모습이었어. 당신은 나에게 죽은 것이 아니라 깜짝쇼를 했다고 말했어. 사실은 내가 모르는 병실에서 치료 잘 받고 있었다고. 장례를 치르던 날도 관은 비어 있었고 평소처럼 나를 놀리고 놀라게 하려고 쇼를 했다고 말이야. 난 그런 줄도 모르고 얼마나 울었는지 아느냐고 따져 묻다가 이 기쁜 소식을 부모님께 빨리 전하려고 전화를 했어. 그러면서도 꿈이면 어쩌지 불길한 마음이 엄습해 왔어. 꿈에서 깨서도 당신이 살아 돌아온 기쁨을 빼앗기고 싶지 않아서 한참 동안 눈을 뜨지 못하고 일어날 수 없었어.

무균실에 있던 당신이 가족 채팅방에 내 사진을 여러 장 전송했던 날, 그건 내가 보고 싶다는 신호였지. 그런데 일 핑계로 달려가지 못했어. 일하는 데 방해가 된다고 메시지 그만 보내라는 말로 당신 마음을 아프게 했어. 나는 정말 나쁜 아내였어.

그런데 나중에 경하한테 듣고 알았어. 완쾌되면 제일 하고 싶은 게 무엇이냐는 아들에게 당신은 세 가지 소원을 말했지. 첫 번째가 엄마랑 영월에서 물고기 잡고 행복하게 사는 거라고. 당신 소원이 고작 그거였어? 나하고 시골에서 사는 것. 욕심 없이 그냥 나하고 살고 싶다던 그 소박한 소원 하나 못 이뤄줬는데 당신은 왜 서둘러 가버렸어? 아들은 당신과의 약속을 지켰는데. 원 없이 달려보자던 약속을 지키기 위해 이식수술 후에 성치 않은 몸으로 달렸는데. 당신은 아들만도 못하잖아. 마지막 작별 인사도 못 하고 인공호흡기에 의지해서 버거운 숨을 가쁘게 몰아쉬면서 당신은 흐느꼈지. 홀어머니, 그리고 목숨 같은 자식들을 두고 발길이 떨어지지 않아서 서럽게 울던 당신의 마지막 모습.

나는 당신을 심장 가까이에 묻었나 봐. 가슴이 너무 아파서 숨쉬기조차 힘들어. 당신에게 미안하다고 하지 않고는 잠시도 견딜 수가 없어서 당신이 있는 곳으로 가려고 했어. 그러면 지옥 간다고 하는데 당신은 천국에 있잖아. 내 마음대로 갈 수도 없어. 힘들어도 참고 살아야 한대. 얼마나 더 기다려야 만날 수 있을지 모르지만, 주님이 나를 부르시는 날까지, 그때까지 기다리고 있을 거지?

당신이 가던 날 다시는 안길 수 없는 당신 품에 마지막으로 안겨봤어. 나를 꼭 안아주지 않아서 얼마나 마음 아프고 슬펐는지 몰라. 풍채가 큰 당신은 늘 안아달라고 아이처럼 보채곤 했지. 그런 당신을 징그럽다고 밀쳐내고 많이 안아주지 못했어. 그래서 잘못한 게 너무 많은 내가 평생 당신을 그리워하며 살라고 복수하는 거지?

정말 미안해. 그리고 사랑해. 당신 살아 있을 때 그렇게 인색했던 이 한마디가 당신에게 가장 들려주고 싶은 말이 될 줄 몰랐어. 당신을 그리워하며 당신을 추억하며 눈물을 흘리면서 살게 될 줄 꿈에도 몰랐어. 나에게 해준 게 없다고 불만이 많았는데 당신은 나에게 가장 소중한 우리 아이들을 선물했더라고.

신문과 인터넷 기사에 경하가 마라톤 대회에 출전한 사연이 실렸어. 아들을 참 잘 키웠다고 당신 칭찬하는 댓글이 넘치는데 하늘나라에서 내려다보고 있는 거지? 아들과 함께 뛰어줘서 고마워. 앞으로도 아이들과 함께해 주고 아이들을 지켜줘.

경하와 지인이는 고단했던 당신을 쉬게 해주려고 주님이 데려가신 거라고 엄마를 위로해. 아빠는 천국에 있으니깐 이제 보내주자고 해. 우리 마지막 여행 때 찍은 가족사진이 이토록 슬픈 사진이 될 줄 몰랐어.

여보, 정말 미안해. 부족한 나 많이 사랑해 주고 남편으로서 자리를 지켜주고 소중한 아이들 선물로 주어서 정말 고마워. 당신 사랑 잊지 않을게.

오늘 밤 꿈에도 지난번 꿈처럼 살아 돌아와요. 그동안 쇼한 거라는 거짓말은 하지 말고 그냥 한 번만 꼭 안아줘요. 혼자 남겨 놓고 가서 미안하다고 말해 줘요. 천국에서 기다리고 있겠다고…….

상처 입은
영혼이 쉴 곳

검은 액자 속에서 자신을 데려간 몹쓸 통증마저 용서한 환한 얼굴로 웃고 있는 남편의 영정사진을 바라본다. 떠난 후에 받은 사랑이 뼛속까지 사무쳐서 하염없이 울었다. 넋을 놓고 영정을 바라보고 있는데 뜻밖의 조문객이 찾아왔다.

남편은 원래 수학을 잘했고 오래전에 수학 교사로 일한 적도 있다. 남편은 나 모르게 봉사를 많이 했는데 형편이 어려운 아이들에게 수학을 가르쳤다고 한다. 당시 중학생이던 아이가 커서 대학교에 입학했다고 아이 엄마가 소식을 전해 주었다.

아이의 엄마는 눈시울이 뜨거워져서 말했다.

"참 좋은 분이셨어요. 아이 아빠와 사이가 안 좋을 때 상담도 해주셨고요. 애가 좋은 대학에 갈 수 있었던 것도 그때 수학을 가르쳐 주신 덕분이에요."

넉넉지 않은 형편에도 남편은 늘 어려운 사람들을 위했다. 자기를 위해서는 한 푼도 쓰지 않으면서 남을 위해서는 아끼지 않았다. 그가 떠나고 얼마 후에 어느 장애인 단체에서 남편 통장으로 부의금을 보내왔다. 너무 고마운 분인데 일찍 세상을 떠난 것이 안타까워서 부의금이라도 전하고 싶었다고 했다.

장례식에서 남편의 사촌 형제들이 많이 울었다.

"형님은 어려서부터 부지런했어요. 형제들이 다 같이 꼴을 베러 가도 열심히 일했어요. 게으름 피우는 동생들 일까지 다 해주셨지요. 열심히 농사일을 거들었고, 어디가 아프시면 밤낮을 가리지 않고 달려오는 둘도 없는 효자였어요."

눈물 마를 새 없는 나날을 보내면서 하나님을 원망하기도 했다. 지금까지는 하나님께서 주신 시련을 모두 잘 이겨냈는데 이번에는 그렇지 못할 것 같다는 생각이 들어서 두려웠다.

장례식장에서 남편의 입관 예배가 진행될 때도 나는 이 모든 게 꿈이 아닐까 싶을 정도로 현실 감각이 없었다. 목사님은 고인과의 추억을 회상하면서 그의 명복을 빌어주셨다. 나중 된 자가 먼저 된다고 뒤늦게 주님을 영접했지만 신앙심이 깊고 봉사도 많이 했던 남편이다. 생전에 참 착하게 살았는데 왜 주님은 남편을 데려가셨을까? 이 죄악 된 세상에 착한 남편을 놔둘 수가 없으셨던 걸까?

천국에서 만나보자 그날 아침 거기서

순례자여, 예비하라. 늦어지지 않도록

만나보자. 만나보자.

저기 뵈는 저 천국문에서

만나보자. 만나보자.

그날 아침 그 문에서 만나자.

예배에 참석한 분들과 찬송가를 부를 때 남편이 정말 내 곁을 떠났음을 실감할 수 있었다. 천국 문 앞에서 우리가 다시 만날 수 있을까. 부족한 사람을 많이 사랑해 줘서 고맙고 미안하다는 말을 꼭 전하고 싶다. 당신에게 못 해준 것이 많아서 너무나 마음이 아프다는 말도 전하고 싶다. 상처 많은 그의 영혼이 하나님 곁에서 편히 쉬기만을 간절히 바란다.

남편 죽음 이후에 솔직히 하나님을 원망하기도 했다. 그 어떤 것도 위로가 되지 않았다. 주변 사람들은 이렇게 말했다.

"고난이 축복이에요. 더 큰 복을 주시려고 하나님이 고통을 주시는 거예요."

위로의 말이긴 하지만 그 말이 싫었다. 이런 말을 하는 사람에게 당신이 큰 복도 받고 이 고통도 가져가라고 말해 주고 싶었다. 그런데 "하나님이 정말 당신의 하나님이시라면 당신은 하나도 잃은 것이 없다"는 존 플라베의 명언을 보고 깨달음이 왔다. 내가 이렇게 아플 때 주님도 함께 아파하시겠지. 이제는 남편을 편안히 쉬게 해주고 싶어서 하나님께서 천국으로 인도하셨다고 믿고 싶다.

너무 늦게
알아버린 사랑

남편이 떠나고 힘든 순간은 예상치 못한 곳에서 불쑥불쑥 찾아왔다. 장례식 입관과 발인 그 고통의 시간을 어떻게 다 말로 표현할 수 있을까. 그런데 그것으로 끝이 아니었다. 더 큰 고통의 시간이 시작되었다. 남편과 관련된 모든 서류에 쓰인 '사망'이란 단어…… 아직도 남편이 어디선가 나타날 것만 같은데 겨우 두 음절 단어 하나가 너무나도 분명하고 잔인하게 그의 죽음을 아로새겼다.

"괜찮으세요?"

주민센터 직원이 창백한 얼굴에 몸을 가누지 못해 휘청거리는 나를 보고 걱정스러운 표정으로 물었다.

"다음에 다시 올게요. 죄송합니다."

나는 끝내 사망신고를 하지 못하고 집으로 돌아왔다. 마음의 준비를 하고 주민센터를 다시 찾기까지 이 주일도 넘는 시간이 필요했다. 남편이 법률상으로 세상에 존재하지 않는 사람이 되는 것이 견디기 힘들었다. 나는 도저히 남편을 보낼 수도 없었고 죽음도 인정할 수 없었다.

사망신고 준비 서류 속에 혼인증명서가 있었다. 11월 29일, 눈이 많이 오던 날, 부부가 되어 함께하기로 약속했다. 그리고 첫아들을 낳고 너무 기뻐서 종일 주변에 알리느라 행복해하던 남편 모습과 딸이 태어났던 날이 떠올랐다. 사람들이 언제 가장 행복했냐고 물으면 딸이 태어나고, 남편이 병원으로 커다란 꽃다발을 보내줬던 날 가장 행복했다고 대답한다.

돌아보면 나보다 나를 더 사랑해 준 사람이 바로 남편이다. 나는 그 사랑을 너무나 당연한 듯 받기만 해서 남편의 부재가 느껴질 때마다 슬픔이 밀려온다. 산에 올라도 남편이 없고 마트에 가도 카트를 밀어주던 남편이 없다. 수많은 사람이 오가는 대형마트에서 남편이 오기를 기다리면서 잠깐 멍하니 서 있었다. 남편이 나를 보고 올 것만 같아서 계산대로 가지 못 하고 두리번거리며 찾았다. 엄마 손을 놓쳐버린 아이처럼 두려움에 떨고 있는 내 안에 나를 어떻게 달래줘야 할지 모르겠다.

귀찮도록 자주 보내오던 문자도 전화도 이제 오지 않는다. 예전에 남편이 보낸 문자를 보면 금방이라도 보내올 것만 같다.

"내가 없어져서 놀랐지?"

이렇게 말하면서 어디선가 불쑥 나타날 것만 같다.

"여보, 미안해. 내가 정말 미안해."

남편에게 문자를 보내도 답장이 없고 다시는 그는 볼 수 없다. 보내도 못 보는 걸 알면서도 나는 몇 번이나 문자를 보냈다.

한번은 인터넷에서 사고를 치는 남편에 대해 푸념하는 글을 보았다. 어느 가정의 아내가 남편이 크고 작은 사고를 치고 다녀서 그것을 수습하면서 힘들게 살았다는 내용이었다. 글 밑에 댓글이 여러 개 달렸다. 주로 '당장 이혼해라', '암에 걸리겠다', '남편과 담판을 지어라' 등의 내용이었다. 글을 쓴 여성에게 도대체 왜 그러고 사느냐는 댓글도 많았다.

그녀가 부러워서 눈물이 났다고 하면 사람들이 믿을까? 나도 내가 이런 생각을 하게 될 줄 몰랐다. 사고 치고 속을 썩여도 좋으니 남편이 곁에 있기만 하면 좋겠다. 남편이 살아 있을 때 그에 대한 불만이 없지 않았기 때문에 지금의 이런 처지가 믿어지지 않는다.

남편은 죽음 이후에 꿈으로 찾아왔다. 전부 일곱 번의 꿈을 꿨는데 첫 번째 꿈에서는 나에게 나무로 만든 예쁜 신발을 신겨주었다. 두 번째 꿈에서는 어린아이처럼 해맑게 웃으며 나에게 안겼다. 살아생전에 마음껏 안아주지 못했던 것이 생각나서 꼭 안아주었다. 세 번째 꿈은 하얀 손수건에 남편의 이름을 새겨서 건넸는데 어찌 된 일인지 손수건이 구겨져 있었다. 구겨진 것이 마음에 걸려서 깨끗하게 펴려고 하다가 꿈에서 깼다.

네 번째 꿈에서는 그가 살아 돌아왔다. 지금까지 꾼 꿈 중에서 제일 생생했다. 살아 돌아온 남편은 예의 장난스러운 표정으로 말했다.

"여보, 내가 깜짝쇼를 한 거야. 당신 모르게 병원에서 치료 잘 받고 다 나아서 돌아왔어."

그는 장례식과 화장도 모두 가짜였다고 했다. 그게 아무리 끔찍한 장난이어도, 말도 안 되는 속임수여도 남편이 살아서 돌아왔다고 생각하자 너무 기뻤다. 그 생생한 꿈 때문에 친정아버지에게 전화를 걸었다. 애들 아빠가 살아 돌아왔다고 기뻐하면서 말했다. 하지만 곧 꿈인 걸 알아차렸다. 꿈속에 계속 머물고 싶을 정도로 생생하고 놀라운 꿈이었다.

나는 이렇게 그의 죽음과 부재, 그 어느 것도 인정하지 못하고 받아들이지도 못하는데 세상은 아무 일도 없는 듯 흘러간다. 세상 사람들은 어서 빨리 슬픔에서 벗어나 남편을 잊어야 한다고 말한다. 산 사람은 살아야 한다고 한다. 하지만 어떻게 잊어야 하는지 방법을 모르겠다.

그래서 그의 유품 정리를 하지 못했다.

"애 좀 봐. 계속 이렇게 있으면 안 돼."

"형부 떠난 건 안 됐지만, 언니도 살아야지."

갑자기 집으로 친정 식구들이 들이닥쳤다.

"그냥 둬. 그걸 왜 치워?"

언니와 동생들이 남편의 옷과 신발을 찾아서 전부 꺼냈다. 친정 식구들 뜻은 유품을 정리해야 내가 산다는 것이다.

결국, 남편이 생전에 입었던 옷과 신발, 유품은 묘지에서 삼우제를 지내면서 전부 태웠다. 유품 속에는 눈에 익은 옷들이 있었다. 예전에 경제적으로 어려울 때, 남편에게 사준 옷이다. 그는 옷을 아낀다고 몇 번 입지도 않았다. 중요한 날, 돋보이고 싶은 날에만 꺼내 입었다. 오래돼서 유행이 지난 옷인데도 거의 새 옷 같다.

오래전 그가 멋지게 옷을 차려입었던 날이 있었다. 만난 지 얼마 되지 않았던 무렵으로 그날은 남편의 졸업식이었다. 그는 학사모를 쓰고 졸업생 대표로 상을 받았다. 많은 사람 앞에서 상 받는 모습이 돋보였다. 졸업 가운도 아주 잘 어울렸다. 그는 상을 받으면서 우쭐해 하며 나를 바라보았다.

그날따라 못 보던 옷과 액세서리가 눈에 띄었다. 매형한테 트렌치코트와 시계를 빌렸다고 했다. 나에게 잘 보이고 싶고 어른스러워 보이고 싶었던 것이다. 친구들이 그런 그를 놀리자 쑥스러워했다. 졸업식 뒤풀이가 끝나고 바래다주면서 그가 말했다.

"우리 결혼하자."

처음으로 결혼 애기를 꺼낸 날이었다.

그날의 남편 모습이 눈에 선한데 그의 옷가지가 불길에 타들어 가고 있으니 기가 막힐 노릇이다. 애들 입학식 때 사준 트렌치코트와 일할 때 입었던 페인트 묻은 옷들이 형체도 없이 재가 되었다.

유품을 태우면서 많은 생각을 했다. 남편의 고단한 삶, 미안했던 일들, 그리고 떠났음을 절감했다. 이제 진짜 보내줘야 하는구나. 남편이 없는 집으로 돌아갈 자신이 없다.

남편이 세상을 떠나고 얼마 후에 집 하수구가 막혀 버렸다. 어떻게 해야 할지도 모르겠고 해결할 사람도 없다. 그가 있었다면 맥가이버처럼 단번에 해결했을 것이다. 결국 친정아버지가 오셔서 막힌 하수구를 뚫어주셨다. 이런 사소한 부분까지 모두 남편 손길이 닿아서 집안 살림이 되었던 것이다.

집뿐만 아니라 어린이집도 마찬가지다. 십여 년 전에 어린이집을 처음 시작할 때 비용을 아껴보자고 둘이서 내부 공사를 했다. 나는 새로운 일을 시작하면서 꿈에 부풀어 있었고 남편은 나를 돕는다는 기쁨에 힘든 줄도 몰랐다.

집안에 이런저런 문제가 생길 때마다 남편의 부재를 처절하게 느끼게 될 것 같다. 시할머니를 닮아서 사지 않고 버려진 물건을 주워왔던 남편. 집에 들어올 때마다 그의 손에는 뭔가

가 들려 있었다. 가끔은 버려진 물건을 뭐하러 주워 오냐고 타박하기도 했다. 하지만 남편은 남이 버린 물건을 고치고 칠해서 멋지게 재활용했다. 유달리 손재주가 좋은 남편에게 가족들은 이런저런 부탁을 많이 했다. 부탁을 받으면 즉시로 가서 고쳐주고 해결해 주었다. 시골집도 손수 다 고쳤다. 가족 중에서 제일 부지런하고 솜씨가 좋았던 남편이다. 이런 남편을 보고 '남편과 잡동사니'라는 수필을 쓴 적도 있다.

남편을 갑자기 떠나보내고 잊어야 할 날이 올 줄 누가 알았을까. 살면서 수도 없이 많은 이별을 했지만, 그와의 이별은 연습한 적이 없다. 연습 없는 인생! 그것은 너무나 가혹한 형벌이다. 한 번만 연습할 기회를 준다면 얼마나 좋을까? 남편의 죽음도 이별도 연습이 있었다면 잘했을 텐데.

나는 남편에게 미안하다고 말하지 못해서 한이 맺힐 것 같다. 그가 내 곁에서 사라지고 나서야 그를 더 사랑했어야 한다는 사실을 깨달았다. 하지만 이제는 소용없다. 아무리 울어도 소용이 없다. 남편은 세상에 없다. 나는 너무 늦게 깨달았고 그는 지금 내 곁에 없다.

그가 우리에게 주고 간 메시지는 '옆에 있는 사람을 당연하게 생각하지 말라', '옆에 있는 사람의 소중함을 떠나고 나서야 깨닫지 말고 바로 지금 깨달으라'는 것이다. 다른 사람들은 나처럼 후회하지 말고 지금 옆에 있는 부모님, 형제, 가족을 잘 챙기고 사랑한다고 말해 주길 바란다. 사랑하는 사람을 죽음으로 떠나보낸 사람들에게는 공통점이 있다. 바로 그 사람이 살아 있을 때 고맙다, 미안하다, 사랑한다는 말을 못 했다는 것이다.

그래서 힘든 작업이지만 남편과의 기억이 사라지기 전에 글로 간직하고 싶었다. 이 책은 언제나 나만 위하고, 나만 사랑했던 남편을 기억하기 위한 것이다. 아이들도 내 글을 보면서 인생에서 정말 중요한 게 무엇인지 깨닫고 나와 같은 실수를 하지 않았으면 한다. 내 아이들이, 내 아이의 아이들에게까지 너무 늦게 얻은 소중한 가르침을 전해 주고 싶다.

4

때로는
슬픔도 힘이 된다

천 년 만 년
살 줄 알았습니다

세월은 그렇게 흘러 여기까지 왔는데
인생은 그렇게 흘러 황혼에 기우는데
큰 딸아이 결혼식 날 흘리던 눈물방울이 이제는 모두 말라
여보, 그 눈물을 기억하오.

맑지만 어딘가 우울하고 섬세하게 떨리는 목소리를 들으며
꼭 감고 있던 눈을 떴다. 여기가 어딜까? 왜 하필 지금 이 슬
픈 노래가 흐르는 걸까? 사방을 둘러봐도 캄캄한 어둠뿐이었
다. 천천히 주변을 둘러보자 눈에 익은 산길이 보였다.

남편이 떠나고 어느 날, 나는 도저히 억누를 길 없는 마음을

안고 영월로 갔다. 도착한 곳은 남편이 묻혀 있는 선산 밑이었다. 차 안에서 형제와 자매들에게 아이들을 부탁한다는 말과 미안한 마음을 담은 메시지를 보냈다. 그리고 휴대전화를 껐다. 이 서럽고 모진 세상의 끈을 놓고 싶었다.

그런데 채 20분도 안 되어 가족들의 신고로 출동한 경찰이 위치추적으로 나를 찾아냈다.

"제발 그냥 죽게 해주세요."

수면제에 취해서 애원하는 나에게 여자 경찰관이 다가와서 말했다.

"울고 싶은 만큼 실컷 우세요."

마음이 조금 진정됐을 때 경찰관은 이렇게까지 자신을 괴롭히는 죄책감이 무엇인지, 남편에게 가장 미안한 것이 무엇인지 말해 줄 수 있냐고 조심스럽게 물었다. 내 이야기를 들은 후에 그는 나를 위로해 주었다.

"보세요. 어머님이 그렇게 할 수밖에 없었던 이유가 있잖아요. 괜히 그러신 것 아니네요."

경찰관은 이 모든 일이 내 탓만은 아니라고, 그러니 이제 그만 죄책감에서 벗어나라고 했다. 또 울려고 하자, 나를 웃게 하려고 농담까지 했다.

"그나저나 어머님, 패션이 진짜 최고예요. 영월에서는 절대 볼 수 없는 패셔니스타신데요?"

그 말이 우습기보다 웃게 해주려는 마음이 너무 예뻐서 웃지 않을 수 없었다.

남편의 죽음이 모두 내 탓이고, 나 때문에 남편이 죽었다고 믿는 나에게 경찰관의 한 마디, 한 마디가 마음의 짐을 덜어주었다. 그동안 너무나 큰 상실감과 죄책감 때문에 누구의 위로도, 어떤 말도 소용이 없었다. 그런데 그분이 정말 꼭 필요한 말을 해주었던 것이다.

그리고 몸과 마음이 지친 나를 경찰서 내에 있는 아늑한 방으로 안내해서 쉬게 해주었다. 내가 약 기운에 취해서 자다 깨다를 반복하는 동안 세 시간이 훌쩍 지났다. 잠든 중에도 지켜봐주고 화장실에 갈 때조차 경관님들이 교대로 자리를 지켜주었다. 내가 미안하다고 하자 경찰관은 웃으면서 말했다.

"이게 바로 제 일이에요."

그는 곧 서울에서 아들과 딸이 올 것이라는 소식을 전해 주면서 음식을 준비해 주었다. 물 한 모금도 목구멍으로 넘기기 싫었는데 어떻게든 먹게 하려는 정성 때문에 먹지 않을 수가 없었다. 그러면서 '신이 바라는 인간의 모습은 행복한 모습이 아니라 성숙한 인간이다', '아픈 만큼 성숙해진다'는 이야기를 해주었다. 그리고 그녀 자신의 이야기도 들려주었다. 자신도 서울에서 영월로 발령이 나서 혼자 외롭고 힘든 시간을 잘 극복했다고 했다.

얼마 후에 아이들이 소식을 듣고 경찰서로 달려왔다.

"어머님은 상담치료가 꼭 필요한 상황이에요. 댁에 가시면 꼭 치료받도록 자녀분들이 챙기셔야 합니다."

아이들을 붙잡고 당부하는데 그 마음이 너무나 고마웠다. 일상으로 돌아갈 용기와 살아갈 이유를 갖게 해준 그분의 마음 씀씀이를 매일 되새긴다. 다시는 어리석은 생각을 하지 않는 것이 나를 위해 수고해 준 분들에 대한 보답일 것이다. 어떻게든 힘을 내서 살아볼 생각이다.

이제 어리석은 생각은 하지 않지만 우리 가족의 일상은 크게 달라졌다. 나는 무기력감에 빠져서 소파에 누워 멍하니 눈물만 흘리고 있고, 딸은 아빠가 죽고 엄마도 죽으려고 했던 일 때문에 스트레스가 많았는지 자꾸 폭식을 한다. 딸에게 그만 좀 먹으라고 했더니 엄마는 상관하지 말라고 대들었다. 우리가 옥신각신 싸우면 아들이 중간에서 중재한다. 남편이 죽고 아들이 많이 어른스러워졌다.

나쁜 마음을 먹었던 내가 이게 마지막이라는 메시지를 보냈을 때, 딸아이가 보낸 메시지를 뒤늦게 봤다. 첫마디가 '엄마 내가 잘못했어'였다. 내가 아이들에게 무슨 짓을 한 건지……. 딸아이 가슴에 큰 상처를 남겼고, 엄마와 똑같은 죄책감을 아이들도 겪게 한 것 같다.

아이들을 잘 돌봐야 하는데 나는 계속 남편에 대해 후회만

한다. 그러느라 아이들에게 또 잘못하고 있다. 이런 상황이 반복되면 나중에 또 후회하게 될 텐데 말이다. 알면서도 마음을 잡을 수가 없다. 남편이 남겨놓고 간 빈자리가 너무 크기 때문이다. 그 자리를 남편 외에 무엇으로 채워야 할지 생각조차 해본 적이 없는데 그는 너무 갑자기 떠나 버렸다.

우리 사이에 갈등이 너무 깊어져서 이혼 얘기가 오고 갈 때도 남편은 이렇게 말했다.

"나보다 당신을 더 사랑하는 사람이 있으면 가. 그런데 그런 사람은 없을 거야."

그때는 귀담아듣지 않았는데 남편이 죽고 보니 그의 말이 맞았다.

어쩌면 남편이 나와 끊임없이 대립하고 갈등했던 것도 그는 나를 사랑하는데 나에게 충분히 사랑받지 못했기 때문이 아닌가 하는 생각이 든다. 일전에 우리는 부부 상담을 받은 적이 있다. 남편의 문제는 나와 떨어지지 않으려고 하는 것이었다. 나와 떨어지면 큰일이라도 나는 것처럼 불안해 했다.

병원에 누워 있는 남편의 얼굴을 보면서 문득 진돗개 같다고 생각한 적이 있다. 한 사람밖에 모르는 모습이 주인을 잃고 계속 그 자리에 찾아갔다는 진돗개 같은 남자. 나를 만나지 않았더라면 더 좋은 여자 만나서 사랑 많이 받고 살았을 텐데. 이런저런 생각을 할 때마다 미안하고 마음이 아프다.

남편이 병원에 있을 때도 나는 잘하지 못했다. 남편은 집에 오고 싶어 했는데 내 딴에는 그를 위한다고 안전한 무균실에 있으라고 했다.

병원에서 남편이 완쾌할 거라고 호언장담하는 바람에 나는 병원에서 보내는 시간이 남편과의 마지막이 될 줄도 몰랐다. 남편이 집으로 돌아와도 계속 병간호를 해야 한다는 생각에 정작 병원에 있을 때는 충실하지 못했다. 잠깐이라도 남편과 같이 있을 수만 있다면 내가 가진 모든 것과 바꿀 수 있을 것 같다.

예전에 내가 노력해서 잘한 일, 이뤄낸 성과들이 지금 생각하면 모두 하찮아 보인다. 차라리 하지 말 걸, 후회되는 일도 있다. 열심히 하던 일이 잘되면서 인생에서 소중한 것들에 대해서는 소홀해지고 소중한 사람들에게 상처만 준 것 같다. 내가 하찮게 여겼던 남편의 성향이 사실은 소중한 것이었다. 지금에서야 비로소 깨닫게 되는 것들. 가족과 많은 시간을 함께하지 못한 후회와 등 뒤로 지나가 버린 그리움이 너무나 눈물겹다.

내가 남편에게 잘한 것이 있을까? 딱 하나, 하나님 만나게 해준 것뿐이다. 내가 눈물로 기도했던 결혼 생활, 그리고 남편을 주님께로 인도했다는 위안으로 애써 아픈 마음을 달래본다

차 안에서 들었던 노래는 김광석의 〈어느 60대 노부부 이야

기〉다. 이 노래 때문에 남편이 너무 그리워서 그의 곁으로 가고 싶었다.

세월은 그렇게 흘러 여기까지 왔는데
인생은 그렇게 흘러 황혼에 기우는데
다시 못 올 그 먼 길을 어찌 혼자가려 하오
여기 날 홀로 두고 여보 왜 한마디 말이 없소
여보, 안녕히 잘 가시게

남편과 살아온 시간이 눈앞에 그려지는 듯했다. 싫든 좋든 우리가 함께했던 시간은 내 삶의 일부이고 나의 역사다. 그래서 글을 써서라도 좋았던 추억을 남겨놓고 싶다.

하지만 글을 쓰려고 책상 앞에 앉으면 눈물만 난다. 내 몸에 눈물이 어디에 고여 있는지, 어디서 이렇게 많은 눈물이 나오는지 궁금할 정도다. 이제는 정말 그만 울고 싶다고 생각하지만, 다음 날이 되면 슬픔이 또 눈물을 만들어 놓았는지 또다시 눈물이 흐른다.

아들의 결혼식, 딸의 결혼식, 그리고 우리 아이들이 낳을 손자, 손녀들. 벅차고 아름다운 순간을 그와 함께할 수 없다고 생각하면 겨우 추켜세워 놓은 내 안에 있는 모든 것이 다시 무

여보, 안녕히 잘 가요.

너지고 만다.

　하지만 여보, 당신 대신해서 내가 그 순간을 지킬게. 아이들과 아이들의 행복한 모습까지 내 눈에 다 담을게. 그리고 우리 다시 만나서 그 추억을 나눠요.

　여보, 안녕히 잘 가요.

그리움,
이제는 없어 더욱 간절한

'밤에 핀 벚꽃 오늘 또한 옛날이 되어버렸네.'

고바야시 잇사가 쓴 하이쿠를 읽으며 추억을 곱씹는다. 꽃이 피는 밤, 그 생생하고 아름다운 장면을 눈에 담아도 고개를 돌리면 곧바로 옛날이 된다니. 어린 시절, 나의 청춘, 사랑, 지금도 생생한 그 많은 일이 전부 옛날이고 추억이다. 추억이라는 단어를 떠올리면 함께 생각나는 단어들이 있는데 그중 하나가 영화다. 그 옛날의 영화, 영화관, 배우들……. 이에 얽힌 추억은 또 얼마나 많은지.

나는 철없는 어린 시절부터 영화를 좋아했고, 〈주말의 명화〉의 열광적인 팬이었다. 이런 나에게 가장 무섭고 야속한 사람

은 할아버지였다. 내가 기억하는 할아버지는 못 말리는 구두
쇠였다. 밤이 되면 불을 끄고 전기를 일절 못 쓰게 하셨다. 그
시절 시골에서 영화관에 간다는 것은 상상도 못 할 일이었다.
그래서 영화를 접할 유일한 기회는 〈주말의 명화〉와 〈명화극
장〉뿐이었다. 그때나 지금이나 나는 다른 사람이 들려주는 이
야기를 따라가는 것을 좋아한다.

　이런 내 마음을 알 리 없는 할아버지는 계집애가 빨리 안 잔
다고 호통을 치셨다. 언니들과 나는 영화가 너무 보고 싶어서
이불을 쓰고 볼륨은 최소로 낮추고 할아버지에게 들킬까 봐
조마조마한 마음으로 명화들을 감상했다. 〈누구를 위하여 종
을 울리나〉, 〈남북전쟁〉, 〈길〉, 〈노트르담의 꼽추〉, 〈지붕 위의
바이올린〉. 초등학생이 뭘 알고 봤겠나 싶지만 그때 봤던 영화
들을 지금도 생생하게 기억한다. "여태 안 자고 뭐 해!"

　어쩌다가 할아버지한테 들키면 시청이 강제로 중단됐다. 한
참 몰입해서 보던 영화를 못 보게 되면 너무 억울해서 밤새 울
었다. 영화를 끝까지 못 봐서 울고, 끝까지 보면 감동해서 울
고. 그때는 책이나 영화를 한번 보면 스펀지처럼 흡수하던 시
절이어서 여운이 삼사일씩 지속되었다. 어쩌다 슬픈 영화를
보면 감정이입이 지나쳐서 영화에서 헤어나지 못할 때도 있었
다. 영화 주인공을 떠올리기만 해도 눈물이 났다.

　가끔 그 시절이 그리워서 옛날 영화를 돌려보곤 한다. 옛날

영화는 고향처럼 푸근하고 애잔한다. 그것은 단순히 미화된 추억이나 옛날에 대한 향수 때문만은 아니다. 요즘 영화와는 다른 옛날 영화만의 매력이 있다.

확실히 옛날 영화와 요즘 영화는 다르다. 내가 보기에 요즘 영화는 기교가 너무 많다. 현란한 편집, 몰입을 방해하는 배경 음악, 과장된 연기 때문에 스토리를 따라가는 것도 버겁다. 그뿐만 아니라 속도도 너무 빠르다. 장면과 대사를 잠깐 놓치거나 딴생각을 했다가는 뭐가 어떻게 돌아가는지 따라잡지 못한다.

옛날 영화는 그렇지 않다. 잠깐 흐름을 놓치거나 심지어 자리를 비웠다가 돌아와도 영화를 감상하는 데 전혀 무리가 없다. 할아버지가 무서워서 영화를 껐다가 다시 켜도 줄거리를 따라갈 수 있다. 무엇보다 요즘 영화처럼 결말이 찜찜하지가 않다. 슬픈 영화는 확실하게 슬프고 희망적인 영화는 권선징악의 주제로 끝을 맞는다. 요즘 영화는 열린 결말이라고 해서, 이도 저도 아닌, 흐릿한 결말로 여운을 주는데 나는 그게 꼭 좋지만은 않다. 이런 이유로 옛날 영화를 찾아보는데 그 옛날 할아버지 몰래 보던 시절처럼 두근거림은 없다. 영화는 변하지 않았지만 내가 변했기 때문일 것이다. 작은 일에도 가슴 두근거리고 유난히 슬픈 영화를 좋아하고 시를 좋아해서 시인이 되고 싶기도 했던 꿈 많던 시절. 다시 오지 않을 그때, 그래서 더욱 아름다운 시절인지 모르겠다.

예기치 못한
슬픔

"여보! 나 구급차 좀 불러줘!"

어느 날 아침, 남편에게서 가슴이 철렁 내려앉는 전화가 걸려왔다. 나는 119에 전화해서 집으로 구급차를 보내고 남편이 실려 간 병원으로 가기 위해 일을 서둘러 마쳤다. 남편은 구급차에 실려 가는 와중에도 차 안에서 사진을 찍어서 나에게 전송했다. 신발도 못 신고 맨발로 실려 가는 중이었는데 말이다. 뭐 이런 사람이 다 있나 하겠지만, 그에겐 이런 이상한 어리광이 있다. 아무리 그래도 그렇지 구급차 안에서 사진을 찍어 보내다니. 한편으로는 그의 이런 행동 때문에 오히려 마음이 놓였다.

그때 병원에서 전화가 왔다.

"보호자 동의가 필요합니다."

보호자 동의라니? 나는 불길한 예감을 애써 외면하며 병원으로 갔다.

"검사를 더 해봐야 알겠지만 병이 깊은 것 같고 혈액암일 수도 있어요."

의사의 말을 끝까지 듣지도 못하고 주저앉고 말았다. 그토록 건강했던 남편이 암일 수 있다니. 나는 인정하고 싶지 않았다. 그 무렵 남편은 운동을 많이 해서 체중이 십 킬로그램이나 빠졌다고 했다. 의사는 체중이 빠진 것은 운동 때문이 아니라 혈액에 문제가 생겼기 때문이라고 말했다.

연락을 받고 딸과 아들도 병원으로 달려왔다. 오는 도중에 차 안에서 눈물의 메시지를 보냈다.

'아빠, 미안해.'

'아빠, 사랑해.'

남편이 있는 무균실로 가야 하는데, 발이 떨어지지 않았다. 무균실로 한 걸음씩 내딛는 동안 우리 부부의 삶이 파노라마처럼 떠올랐다. 즐겁고 힘들었던 기억, 아이들과 함께 떠났던 유럽 여행이 설마 마지막 여행일까? 그러면 어떡하지. 불길한 예감이 엄습해 왔다. 잘해 주지 못한 것, 무심하게 대했던 것만 생각났다. 혹시 내가 그의 마음을 너무 아프게 해서 몹쓸 병에 걸린 건 아닌지 죄책감까지 들었다.

"괜찮아요, 들어가 보세요."

간호사의 말에 간신히 몸을 일으켜 남편 있는 곳으로 갔다. 남편은 눈을 감고 누워 있었다. 잠든 것처럼 보였다. 남편의 병은 하루아침에 생긴 것이 아니라고 했다. 그게 너무 이상했다. 몸에 신호가 왔을 텐데 무시하고 살았던 걸까? 어린애 같은 이 남자는 자기 몸 하나도 돌보지 못하는지, 속이 까맣게 타들어 갔다.

남편의 투병이 시작되면서 우리 집의 분위기는 크게 달라졌다. 남편을 중심으로 가족이 하나로 뭉쳤다. 아이들과 나는 매일같이 남편을 위해서 기도하고 염려했다. 아이들도 전과 다르게 집에 일찍 들어오고 어떤 상황에서도 아빠부터 생각했다. 함께할 수 있는 가족이 있어서 너무나 다행이었다. 만약 큰일 앞에 아이들이 없거나 남편이 없으면 나 혼자 어떻게 했을까?

내가 나 때문에 남편이 아프다고 생각하는 것처럼, 아이들도 아빠가 병든 것이 자신의 잘못이라 여겼다. 그런데 남편은 오직 자기 고통에만 빠져 있었다. 얼마나 아프면 저렇게 말할까? 갑자기 이기적으로 변한 남편이 낯설게 느껴졌다. 내 몸이 아프고 건강을 위협받게 되니까 다른 사람은 안중에도 없는 것 같았다. 어찌 보면 당연한 일이다.

"시간이 얼마 안 남은 것 같아."

　남편은 마음에도 없는 부정적인 말을 자주 했다. 그는 가족들의 관심이 멀어지는 걸 상당히 싫어했다. 부정적인 말을 해서라도 관심을 끌고 싶어 했다.

　"아빠, 그러면 안 돼. 엄마랑 우리 생각해서라도 빨리 나아야지. 알겠지?"

　아이들은 제 아빠를 마치 아이 달래듯 했다. 우리 집 가장이던 남편이 어린아이처럼 아이들을 의지했다. 이런 모습이 안타까웠고 아이들이 어른스럽고 착해서 다행이라는 생각도 들었다. 남편의 투병은 정말 많은 것을 변화시켰다. 그때는 남편의 병이 일시적인 시련이라고 생각했다. 어느 가족이나 겪을 수 있는 그런 시련 말이다. 우리 가족은 꼭 좋은 결말이었으면 좋겠고, 이 일이 새로운 계기가 되어서 우리가 한층 성숙해지길 바랐다. 그리고 그럴 수 있다고 믿었다.

지난해 연말에 남편은 조혈모세포 이식 수술을 받기로 했다. 수술까지 가는 과정이 어려웠다. 남편과 피를 나눈 육 남매 중에 이식 조건이 맞는 사람이 없었다. 기증자 30만 명 중에 단한 명의 혈액을 이식받을 수 있었다. 그런데 그 한 명도 상황이 여의치 않아서 이식을 포기했다. 결국 아들이 나서서 반일치 조혈모세포 이식 수술을 하기로 결정했다.

"엄마, 내가 아빠 살릴게. 엄마는 아무 걱정하지 마."

아들은 제 아빠를 위해서 금연하고 몸가짐도 조심했다. 자기가 절제해야 아빠가 낫는다고 생각한 것이다.

2016년이 저무는 12월 29일, 남편과 아들은 나란히 수술실로 들어갔다. 피를 이식하고 받는 수술이기 때문에 힘들거나 고통스러운 수술은 아니었다. 그래도 수술은 수술이었다. 게다가 가족 두 사람이 수술실에 들어가 있으니, 걱정도 슬픔도 두 배였다.

'하나님, 이 고비만 잘 넘기게 해주세요. 그렇게만 해주신다면 가족들 위하면서 주님께서 기뻐하시는 삶을 살게요.'

온 가족의 기도 덕분인지 수술은 성공적이었다. 아들은 자기 몸 상하는 것은 아랑곳하지 않고 아버지 걱정을 했다. 남편도 워낙에 무뚝뚝하고 표현할 줄 몰라서 그렇지 고마워한다는 것을 알 수 있었다. 표현하지 않아도 마음속에 사랑이 있기 때문일까? 가족의 사랑은 위기 앞에서 본능적으로 발휘되는 것 같다.

"곧 건강하게 퇴원하실 거예요."

의사의 말에 마음이 놓였다.

나를 위해서라도, 내가 편안하기 위해서라도 남편에게 잘해야겠다고 마음먹었다. 반드시 건강하게, 아프기 전의 상태로 돌려놓겠다고 결심했다. 남편도 의욕적이었다. 빨리 건강해져서 아이들에게 잘해야겠다고 생각하는 것 같았다. 가족밖에 없다고 느꼈는지 더는 부정적인 말을 하지 않았다. 그도 이 모든 상황을 귀하게 여기는 듯했다.

대화 없이 조금은 소홀했던 우리 가족이 아버지의 존재, 남편의 자리를 다시 생각하면서 반성도 하고 하나로 뭉쳤다. 나와 아이들 모두 '내가 잘살고 있나?' 하는 반성의 시간을 가졌다. 그렇게 잘못을 뉘우치면서 남편이, 아버지가 다시 건강해지기만을 기원했다.

남편이
가던 날

나는 2016년 11월 3일, 남편이 처음 입원한 날 담당 의사가 했던 말을 아직도 똑똑하게 기억한다. 주치의는 '혈소판 수치가 매우 낮아 치료가 시급한 상태인 것은 맞다. 하지만 분명히 장담하는데 3개월이면 건강한 사람으로 회복되어 일상생활이 가능하다'고 했다. 처음 남편이 재생불량성빈혈이라는 것을 알았을 때, 평소 너무나 건강했던 사람이라서 충격이 배로 컸다. 눈물로 뒤범벅된 나에게 주치의는 이런 말도 했다.

"죽을병도 아니고 잘 치료해서 반드시 건강한 사람으로 고쳐 놓을게요."

"지금 백혈병은 죽을병이 아닙니다. 평생 약만 잘 먹으면 생존율이 높을 정도로 의료 수준이 발전했어요. 이 병은 완치율도 높으니 걱정하지 마세요."

그래서 우리 가족은 주치의 말만 믿고 병원에서 시키는 대로 치료에 전념했다. 우선 조혈모세포 이식에 적합한 공여자를 찾기 위해서 갖은 노력을 다했다. 여섯 명의 남편 형제들이 전부 검사를 받았고 남편은 남편대로 치료에 성실히 임했다. 남편은 면회가 어려운 무균실에서 공여자가 정해지기만을 기다리고 또 기다렸다. 하지만 형제들 전원이 공여자로 적합하지 않다는 결과가 나왔다. 그 허탈한 소식을 듣기까지 한 달 이상이 걸렸다. 그러는 사이에 남편은 기력이 많이 약해졌다.

뿐만 아니라 병원의 대처와 주치의 말에 신뢰할 수 없는 점이 많았다. 오죽했으면 남편 형제들이 나서서 서울대학교병원으로 옮기자고 했을까? 서울대학교병원 예약 진료 날짜가 다가왔지만, 병원에서는 남편이 무균실 밖으로 나가는 것을 허락하지 않았다. 열 때문에 무균실 외출이 어렵다는 것이 이유였다. 그때 왜 그 병원을 나오지 못했는지 지금도 가슴을 치며 후회한다. 의사가 보여 준 확신 때문에 우리는 다시 한번 병원을 믿기로 했다.

그 후로 무려 한 달이 지나서야 공여자가 정해졌다. 아들이 공여자가 되어 12월 29일에 남편은 수술을 받았다. 담당 의사는 수술이 잘됐다면서 남은 투병 생활을 '봄에 씨를 뿌리고 가을에 추수하는 것'에 비유했다. 이제 기다리고 인내할 시간만 보내면 된다고 했다.

심지어 수술받는 날, 퇴원 예정일과 퇴원 후 주의사항까지 안내받았다. 두 달 후면 여행을 가도 되고, 일하는 것도 가능하다는 의사의 말을 고스란히 믿었다. 지금 생각하니 수술 후에 올 수 있는 부작용에 대해서는 어떤 언급도 없었다. 그래서 우리 가족은 퇴원 후에 남편의 회복을 위해 집안 환경을 만드는 데 전념하면서 퇴원 날을 손꼽아 기다렸다.

그런데 1월 11일, 수술을 받고 약 2주쯤 지나서 병원에서 연락이 왔다. 건강한 A형 남자 세 명이 필요하니 알아봐 달라는 것이다. 서둘러서 아들 친구와 지인 등, 수혈해 줄 사람들을 구했고 다음 날로 수혈 약속을 잡았다. 주치의는 그날 저녁에 보호자인 나를 급하게 호출했다. 황급히 달려갔더니 남편 몸에 균이 들어가서 균과 싸워줄 건강한 피가 필요하다고 했다. 그러면서 11일 오전에 실시한 혈액 검사에서 균이 나왔고 안타깝게도 너무 빨리 진행이 되고 있어서 오늘 밤이 고비라는 것이다.

나는 하늘이 무너지는 것 같았다. 그런데 긴박한 상황에서도 의사는 이렇게 말했다.

"하루만 잘 버텨 주면 아침에 건강한 피를 수혈 받을 수 있습니다. 우선 균과 싸울 수 있는 시간을 벌어놓고 이식한 혈액 수치가 올라가면 괜찮아요. 그렇게만 되면 균과 싸울 수 있는

정상적인 상태가 됩니다. 환자만 잘 버텨주면 됩니다."

나는 너무 절박해서 주치의를 붙잡고 남편을 살려달라는 말만 되풀이했다. 그런데 주치의는 서둘러서 퇴근했다. 그때는 경황이 없어서 수술 후에 생길 수 있는 위급한 상황에 대해서 왜 미리 말해 주지 않는지, 또 병원은 응급 상황에 대처할 준비가 안 되어 있었는지, 왜 균이 발견되고 사람이 죽어가는 위급한 상황이 되어서야 수혈자를 구했는지 따져 묻지도 못했다. 생사를 다투는 위급한 상황에서 병원은 손을 놓고 다음 날 수혈 받을 때까지 환자가 밤새 버텨주기만을 바란 것이다. 그것은 목숨을 담보로 한 위험한 도박이나 마찬가지였다.

검사를 마치고 병실로 돌아온 남편은 나와 눈이 마주치자 큰 소리로 울음을 터트렸다. 병원을 원망하며 두려움에 떨던 남편은 서서히 죽어갔다. 점점 맥박이 빨라지고 누운 상태에서 바지에 설사를 했다. 그러자 병실 간호사가 남편을 중환자실로 옮겼다. 중환자실에서 남편에게 한 차례 쇼크가 왔다. 응급실 의사가 수면제를 투입하고 산소호흡기를 씌워야 한다고 했다.

상황은 점점 더 안 좋아졌다. 우리가 할 수 있는 것은 중환자실 대기실에서 꼬박 날을 새며 간절히 기도하는 것뿐이었다. 시간이 얼마나 흘렀는지도 모르겠다. 갑자기 대기실 방송 스피커로 응급 상황을 의미하는 듯한 말이 반복해서 흘러나왔다

"코드 블루, 코드 블루!"

'안 돼! 제발!'

순간 불길한 예감이 현실이 될까 너무 두려웠다. 떨리는 손으로 그 말을 검색해 보고서야 심정지 응급 상황으로 도움을 요청하는 의료용어인 것을 알았다. 남편의 심장이 멈출지도 모르는 상황이었다. 밤새 한숨도 안 자고 기도했는데, 하나님이 기적을 일으켜 주실 거라 믿었는데, 잔인한 고통의 시간이 흐르고 있었다.

아이들과 중환자실 앞으로 달려갔다. 응급실 젊은 의사는 내 앞에서 아무 말도 못하고 한참을 서 있었다.

"안 돼요. 내 남편은 아니죠? 제발 아니라고 말씀해 주세요."

잠시 후에 의사가 보호자들을 찾았고 심폐소생을 시도했다. 수혈 때문에 남편 주변은 온통 피로 얼룩져 있었다. 남편의 창백한 얼굴 위로 내 눈물이 피눈물로 범벅되어 볼을 타고 흘러내렸다.

"여보, 가지 마. 내가 다 잘못 했어."

중환자실로 옮겨질 때도 그가 깨어나지 못할 거라고는 상상도 못 했다. 그런데 그 모습이 살아 있는 남편의 마지막이 되고 말았다. 그러고 보니 중환자실에 오기 전에 무균실에 있을 때 천사가 왔는지 남편은 상체를 일으키고 허공에 손을 내밀었다. 다시 눕히려고 애를 써도 남편은 계속 상반신을 일으키면서 팔을 내저었다. 남편은 그렇게 끝내 말 한마디 남기지 못하고 우리 곁을 떠나고 말았다.

멀쩡하던 사람이 죽었는데 의사들은 "이 모든 일은 운이 없어서 그렇다", "균이 하루만 더 늦게 들어왔더라면" 변명이라고 할 수도 없는 말을 늘어놓았다. 사람의 생명을 다루는 의사가 할 말인가? 그들은 충격에 빠진 우리에게 지금 생각해도 도저히 이해할 수 없는 무책임한 말을 아무렇지도 않게 했다. 그들이 책임을 회피할 수는 있겠지만, 책임을 회피한 결과까지 외면할 수 있는지 묻고 싶다.

남편이 죽은 것으로도 모자라서 우리 가족은 충격적인 사실을 뒤늦게 알았다. 바로 남편이 정신과에서 검사와 치료를 받고 있었다는 사실이다. 간호사들이 통제할 수 없을 정도로 이상행동을 했다고 하는데 왜 보호자에게는 알리지 않았을까? 우리는 남편이 수면제와 정신과 약을 복용한 사실을 까맣게 몰랐다. 이 모든 사실을 남편이 숨을 거둔 후에 알게 되었다. 병원에서는 이 사실을 한 번도, 어떤 말로도 설명해 주지 않았다. 남편이 무균실에 입원해 있다는 핑계로 면회조차 극히 제한했다. 그래서 우리는 병마와 싸우는 환자와 대화할 시간조차 제대로 갖지 못했다.

이 모든 것을 생각하면 할수록 너무나 억울하고 가슴 아파서 절대로 병원을 용서할 수 없다. 나는 많은 시간과 돈과 힘이 들어도 남편이 왜 죽었는지, 그 과정에서 병원은 어떤 잘못을 했는지 밝혀내고 싶다.

죽은 남편은 손도 얼굴도 온몸이 퉁퉁 부어 있었다. 얼마나 아프고 힘들었을까? 듬직한 어깨와 힘이 장사였던, 그래서 모든 사람의 부러움을 샀던 남편이 이제 한 줌의 재가 되어 작은 유골함에 담겼다. 이 과정을 지켜보는 마음은 지옥이었다. 너무나 괴로웠다. 믿어지지 않았다.

화장터에서 사람들의 울음소리는 슬픔이 아니라 고통이었다. 너무나 고통스러워 나는 울부짖었다. 고통이 극에 달해 통곡할 때 나는 소리가 있다. 나에게서 그런 소리가 나올 줄 몰랐다. 나도 모르게 그런 소리가 났다. 남편 유골이 담긴 도자기에서 온기가 느껴졌다. 유골함을 안고 영지로 가는 내내 같은 말만 반복했다.

"미안해."

커다란 남편의 몸이 그랬던 것처럼 유골함의 온기는 땅을 파고 묻을 때까지 식지 않았다. 장례를 치르고 교회에 나간 날 목사님이 설교를 마치고 말씀하셨다.

"88장 찬양합시다."

내 진정 사모하는 친구가 되시는

구주 예수님은 아름다워라

산 밑에 백합화요 빛나는 새벽별

주님 형언할 길 아주 없도다

내 맘이 아플 적에 큰 위로되시며

나 외로울 때 좋은 친구라

주는 저 산 밑에 백합 빛나는 새벽별

이 땅 위에 비길 것이 없도다

찬양이 끝나고 나는 목사님께 다가갔다.

"제 남편이 좋아하던 88장을 기억하셨군요."

그러자 목사님이 말씀하셨다.

"제가 어떻게 그 많은 찬송을 다 기억하겠습니까. 어쩌면 남편분의 메시지가 아닌가 싶군요."

그 말을 듣는 순간 남편의 목소리가 들리는 듯했다.

"여보! 나 천국에 있어. 걱정하지 마."

그리고 이렇게 말해 주는 것 같았다

"그만 울어. 내 마음이 너무 아프잖아. 당신 마음속에 늘 내가 함께할 거야. 사랑해."

남편은 내가 슬픔에서 벗어나 행복해지기를 누구보다도 바라고 있었다.

눈물
물고기

  세상에서 가장 작은 호수, 그곳에 눈물 물고기가 산다. 물이 마르면 곧장 숨을 헐떡거리는 그래서 상처 깊은 가슴만 찾아 다니는 물고기가 눈물 물고기다. 나의 눈물샘은 물고기가 평생 헤엄쳐도 마르지 않을 눈물이 고여 있다. 그 눈물샘 안에 눈물 물고기가 산다. 그토록 쏟아내고도 모자라서 볼을 타고 흐르는 마음 한 조각이 남편 사진 위로 떨어져 내리고 있다. 도대체 몸 어디에 이 많은 슬픔이 고여 있을까? 차곡차곡 쌓여 있던 슬픔으로 응축된 소리 없는 언어.

  눈물에는 물리적인 눈물과 감정적인 눈물, 그리고 영적인 눈물이 있다고 한다. 이 세 눈물을 분석해 보면 그 성분이 다 다르다. 세 가지 중에서 가장 또렷한 흔적을 남기는 눈물은 영적인 눈물이라고 한다. 나는 눈물이 많은 편이다. 어쩌면 눈물에 중독된 것인지도 모르겠다. 뜬금없는 상황에서 이유 없이 불쑥, 눈물이 나서 상대를 당황하게 했던 적이 한두 번이 아니다. 특히 부부싸움에서 불리하다 싶으면 펑펑 눈물을 쏟는 바람에 남편만 나쁜 사람이 되곤 했다.

여자가 눈물을 보이면, 남자의 마음이 약해진다는 속설이 있다. 여자의 눈물을 무기로 간주하는데 이 말을 선의로 풀어보면 전혀 근거 없는 이야기는 아닌 것 같다. 연애 시절을 포함해서 눈물로 남편 마음을 '심쿵'하게 했던 순간들이 있었다. 슬픈 영화를 보거나 음악을 들을 때 살짝 물기만 내비치는 정도가 아니라, 바로 앞에서 눈물을 쏟으며 흐느끼는 걸 보고 마음이 약해지지 않은 남자가 어디 있을까.

그런데 나는 왜 이렇게 병적으로 눈물이 많을까? 아무래도 세 종류의 눈물을 모두 흘리는 것 같다. 내 눈물에 사람들이 놀라는 가장 큰 이유는, 내가 수시로 내 감정을 이야기하는 사람이 아니기 때문이다. 내내 말 한마디 없다가 한꺼번에 많은 눈물을 흘린다. 많은 사람이 나를 씩씩하고 밝은 사람으로 착각하는 것은 내색하지 않아서다. 하지만 사실 나는 눈물이 많다. 눈물이 많은 것은 아픔이 많기 때문일까.

영혼의 아픔과 슬픔을 말로 하지 못하고 눈물로 대신하는 것, 그건 아마도 눈물 역시 하나의 언어이기 때문일 것이다. 나

는 그것들을 '아프다' 혹은 '슬프다'고 말하는 것을 좋아하지 않는다. 그렇게 말하면 내 안의 아픔과 슬픔이 너무 초라하게 변질되기 때문이다. 그래서 아픔과 슬픔을 표현하는 나만의 언어가 필요했다. 그것이 때로는 눈물이 되고, 때로는 한 편의 시가 되었다. 눈물은 세상에서 가장 순결한 언어인 것 같다.

눈물의 가장 중요한 기능은 카타르시스다. 감정을 털어버리고 얽매인 감정에서 벗어나는 것이다. 정신없이 울고 나면 왜 울었는지 기억조차 나지 않을 때도 있다. 이런 기능 때문에 하나님께서 인간을 창조하실 때 울음을 주신 게 아닐까. 나는 그 기능을 마음껏 쓰고 있는 것인지도 모른다. 영화나 음악도 슬픈 것이 좋고 눈물의 정화의식을 치르도록 해주는 작품이 좋다. 진한 슬픔을 느껴야만 작품의 여운이 잔잔하게 오래 남는다. 다른 사람들은 나이가 들면 감정이 조금은 메마르다는데 나는 나이가 들어도 여전히 눈물 흘릴 준비, 울 준비를 하고 있다.

평상시 성격은 극과 극을 오고 간다. 열정적이거나 냉정하거나, 호불호가 확실하고 극단적이다. 그건 아마도 자라온 환경 때문인 것 같다. MBTI 검사를 해보면 따뜻한 성격이라고 나온다. 강요하지 않는 성격에 충돌하거나 갈등하지 않고 화합하는 것을 좋아한다. 이런 성향은 글을 쓸 때도 드러난다. 따뜻하고 인간적이고 감동 있는 글을 좋아하고 울림 있는 글을 쓰고 싶다.

글로써 나를 표현하고자 했던 것도 크게 보면 소통 욕구 때문이다. 내 감정과 의견, 생각을 마음껏 속 시원하게 세상에 드러내고 싶었다. 글을 써서 홀홀 털어버리는 것, 그 과정에서 느끼는 해방감이 좋다. 우는 것을 좋아하는 것도 우는 행위가 주는 해방감 때문일 것이다.

하지만 눈물은 항상 고통을 동반한다. 힘들 때 울고 또 울어도 눈물이 멈추지 않았다. 나중에는 가슴이 아파서 숨이 쉬어지지 않았다. 그러자 이런 생각이 들었다.

'내가 힘들 때 힘들다고 얘기할 수 있는 사람이 있나?'

내가 행복하고 기쁠 때 같이 웃어주는 것도 고마운 일이지만, 마음이 아플 때 누군가 같이 울어주는 것은 대단히 고마운 일이다. 누군가 나와 함께 울어준다면 그 사람을 오랫동안 기억할 것 같다.

아무리 애를 써도 떠오르는 얼굴이 없다. 그것은 내가 나약하고 눈물이 많아서 힘들고 약한 모습을 보이기 싫어하기 때문이다. 모순이지만 어쩔 수 없다. 그래서 늘 외로움을 안고 산다. 이런 모습을 보일 수 없다고 생각하면서 슬픔을 나눌 친구가 없다고 단정 짓는 것이다.

《탈무드》에 보면 천국의 한쪽에 눈물 방이 있다고 한다. 천국에 들어선 영혼도 눈물로 세속의 때를 씻는 모양이다. 만약 내가 죽었을 때 주님께서 나를 천국으로 인도하신다면 나는 눈물 방에서 마음껏 울고, 깃털보다 더 희고 깨끗한 영혼으로 거듭나고 싶다. 그럴 수만 있다면 얼마나 좋을까.

눈에 눈물이 없으면 그 영혼에 무지개가 없다. 이렇게 많은 눈물을 흘렸으니까 내 영혼의 무지개는 아주 선명하게 빛나주겠지…….

금지된
공부

고향을 떠난 우리 가족은 서울과 일산에서 살았다. 능곡초등학교에 다니던 나는 열네 살이 되던 해 겨울, 졸업을 앞두고 있었다. 이제 막 청소년기로 접어든 아이들, 교복을 입는다는 설렘, 새로 산 학용품과 가방. 졸업이 다가올수록 친구들의 들뜸과 재잘거림은 교실 안을 가득 채웠다.

'너희들은 좋겠다.'

교실 한쪽에서 아이들을 바라보면서 이런 생각을 하던 내 마음은 벌써 늙어버린 것 같았다. 일찍 성숙한 애늙은이가 아니라 정말이지 마음이 늙는다는 게 뭔지 알 것 같았다. 당시 나는 중학교에 진학할 수 없다는 사실에 체념한 상태였다.

내 위로는 언니들이, 아래로는 동생들이 많았다. 부모님은

나와 내 바로 위 언니는 공부를 중단할 수밖에 없다고 말씀하
셨다. 그 말을 듣고 얼마나 울었는지 모른다. 나도 친구들처럼
학교에 다니고 싶은데, 모든 아이들이 다 중학교에 가는데 왜
나만 못 가는 걸까? 몇 날 며칠을 울면서 부모님을 조르고 밥
안 먹고 죽겠다고 아우성을 쳐봐도 소용없었다.

처음에는 내 처지가 너무 슬펐다. 어린 나이에 어찌나 눈물
이 많이 나던지 누가 이름만 불러도 엉엉 울고 싶었다. 그다음
으로는 절망감이 밀려왔고 나중에는 모든 것을 받아들이고 포
기했다.

'어떻게 해도 학교에 다닐 수 없구나.'

열네 살, 친구들은 부모의 품에서 미래를 꿈꾸며 들떠 있을 때
나는 포기하고 체념하는 법을 배웠다. 세상에는 내가 아무리 노
력해도 이루어질 수 없는 일이 있음을, 그 앞에서 내가 할 수 있
는 일은 받아들이는 것밖에 없다는 것을 깨달았다.

2월의 운동장은 며칠 전부터 내린 눈으로 꽁꽁 얼어 있었다.
그래도 아이들의 들뜸과 설렘이 열기가 되어 분위기는 마치
축제 같았다. 중학교에 진학 못 하는 것도 서러운데, 부모님
은 졸업식에 오시지 않았다. 그래도 혹시나 하는 마음으로, 늦
게라도 오실지 모른다는 생각으로 기다렸지만 오시지 않았다.
부모님이 오셔도 속상할 것 같지만 안 오시는 쪽이 더 슬펐다.
엄마 아빠는 이런 내 마음을 짐작도 못 하셨을 것이다.

학교 주변에서는 꽃을 팔았고 간식을 파는 노점상 앞에는 사람들이 북적였다. 마침내 졸업식 노래가 울려 퍼지고 눈물을 흘리는 아이들도 있었다. 아이들은 기쁘고 서운해서 울겠지만, 나는 부모님도 없이 혼자 졸업하는 내 처지가 처량하고 앞으로의 미래가 암담해서 울었다.

"혜숙아, 울지 마. 앞으로도 우리 계속 연락하고 지내자."

"그래, 집도 가깝잖아."

눈물을 뚝뚝 흘리는 나를 친구들이 위로해 주었다. 친구들이 아무리 달래줘도 조금도 위로가 되지 않았다. 그래도 초라한 모습을 보이기 싫어서 친구들과 헤어짐이 슬퍼서 우는 것처럼 연기했다.

"그럼, 당연하지. 자주 만나야 해?"

졸업의 기쁨도, 입학에 대한 설렘도, 꽃다발도 없던 열네 살의 졸업식. 얼어붙은 운동장 한복판에서 울고 있던 내가 지금도 눈에 선하다. 그날 이후로 십수 년이 흐를 동안 나는 학교 문턱을 밟을 수 없었다.

학교 대신 공장에 다니던 나는 가끔 고모가 입던 교복을 내 것 인양 입고 거울을 봤다. 거울 속의 여중생은 행복해 보였다. 이대로 가방만 메고 학교에 가면 다른 아이들과 똑같아질 수 있을 것 같은데 왜 나는 그럴 수 없는 걸까? 이제 그만 벗으라는 고모의 말에도 교복이 좋아서 벗기 싫었다.

어쩌다가 초등학교 동창을 길에서 만나면 숨기 바빴다. 그 애들이 나를 보고 어떻게 지내느냐고 물어볼까 봐 조마조마했다. 학교 안다니는 나를 깔보거나 불쌍하게 여길 것 같아서 큰 길에 나갈 때마다 식은땀이 났다.

한창 공부할 나이에 반항하고 공부를 팽개친 아이들은 이렇게 말한다. 부모님이 계속 공부하라고 강요해서 오히려 공부하기 싫었다고. 다른 아이들이 강요받는 공부가 나에게는 금지되었다. 그래서 더 애착이 가고 미련을 버릴 수가 없었다.

누구보다 열심히 할 자신이 있는데, 왜 기회가 주어지지 않는지. 그래서 나처럼 교육의 기회를 박탈당한 아이들을 보면 너무나 가엾다.

게다가 나는 공부 머리가 없지 않았다. 한번 몰입하면 푹 빠지는 성격이라서 공부도 한번 붙들면 시간 가는 줄 모른다. 사업 때문에 공인중개사 자격증에 도전할 때도 그랬다. 사람들은 공인중개사 시험은 어려워서 최소 일 년 이상 준비해야 하고 그러고도 몇 번씩 낙방한다고 했다. 그러자 목표 의식이 발동했다.

'나는 육 개월 만에 합격하고 말 거야.'

주변에서는 쉽지 않은 시험이니 욕심내지 말고 천천히, 차근차근 공부하라고 했다. 하지만 나는 해낼 수 있을 것 같았다. 나는 달성하기 어려운 목표 앞에서 더 강해지는 면이 있다.

사람 만나는 것을 좋아하고 돌아다니길 좋아하던 내가 꼬박육 개월 동안 틀어박혀서 공부만 했다. 암기가 되지 않으면 산에 올라가서 수십 번 반복해서 외우고 또 외웠다. 그렇게 해서육 개월 만에 자격증을 취득했다. 공인중개사 자격증 외에도국가 자격증과 사회복지사, 조리사 자격증을 비롯해서 어린이집과 관련된 각종 자격증이 10여 개 정도다.

내가 틈만 나면 공부를 한 것은, 늘 배움에 목말랐기 때문이다. 결혼하고 아이들을 어느 정도 키워놓고 서른여섯에 온전히 내 힘으로 시작했던 공부가 얼마나 큰 희열을 줬는지 모른다.

무슨 일이 있어도 이 공부만은 마치겠다고 다짐했고 나는 자신과의 약속을 지켰다. 학위를 받고 얼마나 기뻤는지 모른다. 대학에서 전공뿐만 아니라 여러 학문과 교양서적을 접하면서 한층 성숙해질 수 있었다. 특히 프로이트 이론에 관심이 많았다. 기회가 되면 프로이트의 정신분석학을 공부하고 싶다.

나는 공부하는 그 자체도 좋지만 학문을 늘 선망했기 때문인지 지적인 사람에게 호감을 느낀다. 그런 사람들과 가까이 하면 뭔가 한 가지는 배울 게 있다. 자기 분야에 빠져서 조용히 공부만 하고 조금은 내성적이고 낯을 가리는 사람이 좋다. 아마도 내가 가보지 못한 길을 걸어본 사람에 대한 호감일 것이다. 지금도 가끔 어린 시절로 돌아가서 학교 다니는 꿈을 꾼다. 열네 살에 받은 상처는 생각보다 훨씬 큰 것 같아서 마음이 아프다.

그대 떠나니
꽃도 아름답지 않더라

　남편을 떠나보내고, 끝을 알 수 없는 후회 속에서 이런 생각을 자주 한다.

　'그와 자연 속에서 아이들과 함께 살았으면 어땠을까?'

　사업을 한다는 핑계로 바쁘고 정신없이 살았다. 그러다 보니 가족을 돌보지 못했다. 이제 와 생각하니 영월에서 숯불 피워 솥뚜껑 위에 고기 구워 먹었던, 그 작고 사소한 추억이 너무나 소중하다.

　남편과 나는 추구하는 가치관이 조금 달랐다. 나는 지성과 세련됨을 선망했고, 화려하고 남들이 모두 부러워하는 삶을 살고 싶었다. 하지만 그는 소박하고 따뜻한 삶을 좋아했다. 돈이 생기면 자신에게 쓰지 않고 약한 사람들을 위해 주저하지 않고 사용했다. 오갈 데 없는 어르신들이 계신 시설을 무료로 공사해 주기도 했다. 공사에 들어가는 자재까지 본인의 돈으로 사서 말이다.

이런 남편이 효자인 것은 당연했다. 아이들 어릴 때부터 우리 가족의 여름 휴가지는 무조건 영월이었다. 말이 휴가지, 애들은 근처에서 놀게 하고 시어른들께서 한두 달은 매달려야 할 농사일을 남편과 나, 둘이서 며칠 만에 해냈다. 그는 나와 아이들을 데리고 영월 가는 것을 좋아했다. 남편은 자연을 좋아하고 고향을 좋아하고 가족을 좋아했다.

올해는 다른 곳으로 가자고 아무리 졸라도 여름휴가는 무조건 영월이었다. 아이들은 시골에서 물 만난 물고기처럼 놀았다. 도시에서는 볼 수 없는 나무와 풀, 곤충이 있으니 아이들에게는 최고의 놀이터였다. 아이 둘이서 깊은 숲으로 들어가 벌에 쏘여서 돌아오기도 했다. 친정 부모님은 걱정하고 염려했지만 우리 부부는 웃으면서 바라봤다.

"그래, 그러면서 크는 거야, 애들은!"

자연과 하나 돼서 뛰어놀던 내 어린 시절처럼 아이들에겐 좋은 추억이 되었던 것 같다. 글쓰기를 좋아하는 아들은 '할머니와 옥수수'라는 제목으로 백일장에서 장원으로 뽑혔다. 선생님들은 다른 아이들과는 다르게 글이 살아 있다, 생명력이 있다고 칭찬하셨다. 그 글은 나중에 부천시에서도 상을 받았다.

시골에서 자란 아이들의 정서가 도시 아이들보다 풍부하다
는 말이 맞는 것 같다. 아들은 어려서부터 불빛을 보고 창가에
몰려든 곤충을 무서워하지 않고 오히려 기다렸다.

"안녕, 넌 이름이 뭐야?"

해충마저도 쫓지 않고 친구처럼 대했다. 아이들은 지금도 영
월에서 쌓았던 추억에 대해서 이야기한다. 열대야로 무더운
여름밤에 찾았던 동강은 얼마나 아름다웠던가. 깊이를 알 수
없는 밤하늘은 형형색색의 별을 가득 품었고 계곡물은 시리도
록 맑고 시원했다. 온 가족이 물가에 누워서 밤하늘의 별을 보
면서 옥수수와 감자도 쪄먹고 계곡물에 들어가서 물놀이도 했
다. 남편은 수영을 잘했다. 나와 아이들 보는 앞에서 깊은 곳
으로 들어가 수영 실력을 뽐냈다.

"어어, 아빠 죽는다!"

남편은 아이들을 놀래주려고 팔을 내저으면서 허우적거리다
가 물 아래로 잠수했다. 그러면 순진한 아이들은 아빠가 죽었
다고 고함을 치곤했다.

"짠! 안 죽어지롱!"

장난기 가득한 표정을 지으면서 물 위로 다시 나타났던 남편.
튜브에 끈을 달아서 물살을 거슬러 올라가 리프팅 하듯 아이
들과 놀았다. 다리에 상처가 나서 피가 나는 것도 모르고 좋아
하는 아이들을 위해 몇 번이고 반복했다. 아이들은 즐거워하

면서도 무서운지 비명을 내질렀다. 그곳은 우리만의 놀이터였고, 마음껏 웃고 소리 질러도 뭐라고 할 사람이 없었다. 모두가 그 순간을 마음껏 즐겼다.

또 어떤 날엔 아이들과 물고기를 잡았다. 재미로 잡은 물고기는 손맛만 보고 동강으로 돌려보내 주었다. 시어머니께서 매운탕 끓이겠다고 해도 남편은 시어머니 몰래 가재, 쉬리, 쏘가리 들을 애들이 보는 앞에서 풀어주었다.

아이들에게 좋은 추억을 많이 만들어 준 남편은 좋은 아버지였다. 그는 어른들에게도 참 잘했다. 천성이 수더분하고 우직한 사람이었다. 세련됨과는 거리가 멀어서 표현할 줄 모르지만 대신에 정말 정이 많았다.

그런 그에게 미안한 일이 한둘이 아니다. 나는 나밖에 모르는 이기적인 아내였다. 남편은 나와 산에 오를 때마다 얼음물을 챙겼다. 날이 덥지 않으면 얼음이 빨리 안 녹아서 물을 마실 수 없었다. 남편은 빨리 얼음을 녹이려고 커다란 손에 물통을 꼭 쥐고 산에 올랐다. 어느 정도 오르다 보면 딱 한 사람 먹을 양만큼 녹아 있었다.

"어서 마셔."

너무 갈증이 났던 나는 남편 몫의 물을 남겨놓지 않고 다 마셔 버렸다. 얼마쯤 가다가 또 한 사람 먹을 양만큼 물이 녹으면 남편은 또 나에게 물통을 건넸다. 나는 내 목마름만 생각했

고 남편의 갈증을 생각하지 않았다. 남편은 이토록 자신을 돌보지 않고 다른 이를 먼저 생각해 주었는데, 나는 너무도 이기적이었다. 분명 자신도 물 한 모금이 간절했을 것이다. 그는 나에게 작은 것이라도 해줄 수 있는 그 자체로 행복해 했다.

그런 관계가 너무 오래 지속하였고 나는 당연한 듯이 남편의 배려를 누렸다. 나에게 내려진 가장 큰 벌은 남편의 속 깊은 마음을 늦게 알았고, 그는 옆에 없다는 것이다.

"아빠, 퇴원하면 뭐가 제일 하고 싶어?"

"엄마랑 영월 가서 전원생활 하고 싶어."

작년 여름, 남편과 벌초하러 갔던 영월 선산에 남편은 묻혀 있다.

"여기가 우리가 묻힐 자리야."

나는 평생 붙어 살았는데 죽어서도 함께여야 하냐고 지겹다고 농담을 했다. 남편은 웃으면서 말했다.

"신씨 집안에 시집왔으니까 당신은 이 집안 귀신이야. 둘이서 나란히 묻혀야지."

그렇게 말했던 남편은 나를 두고 먼 곳으로 떠났다.

예나 지금이나 잠들지 못한 밤이면 무서운 꿈을 꾼다. 남편이 있을 때는 그의 가슴으로 파고들었다. 그가 죽고 또다시 무서운 꿈을 꾸었지만 더 이상 파고들 넓은 품이 없다. 세상에 진정한 내 편이 없다는 생각이 든다. 아이들조차 남편의 빈자리는 채우지 못한다. 가장 힘들고 외로울 때 간절하게 생각나는 것은 투박하게 나만 바라봐 주던 그의 마음이다. 단순하고 무던했던 남편의 장점을 곁에 있을 때는 장점이라고 생각하지 못했다.

무엇을 해도 즐겁지 않고 의욕도 없는 날이 계속되고 있다. 평생 원했던 것, 선망했던 모든 것이 부질없다는 생각만 든다. 우리는 소중한 것에 소홀 때가 많다. 사별과 이별하고 꽃이 아름답게 보이는 날이 나에게도 다시 올까.

5

가족,
영원한 내 편

아빠,
우리 함께 달려요

올해 스물다섯 살인 아들 경하는 점점 더 남편을 닮아간다. 아버지의 빈자리가 생긴 후부터 더욱 그렇다. 엄마와 여동생을 지켜야 한다는 책임감 때문일까? 내 눈에는 그저 심성 착한 아이처럼 보였던 아들이 몇 달 사이에 늠름한 청년이 되었다.

지난 3월 19일에 열린 서울국제마라톤에서 숱한 격려와 환호 속에서 경하가 달렸다. 경하는 혼자가 아니었다. 세상을 떠난 남편이 아들과 함께 달려주었다. 두 달 전에 남편과 아들은 병이 나으면 꼭 마라톤 대회에 함께 나가자고 약속했다. 하지만 남편은 돌아올 수 없는 곳으로 떠났고, 남편 휴대전화 일정에 저장돼 있었던 '3월 19일 아들과 마라톤', 이 약속은 허공에 흩어질 위기였다.

"엄마, 아버지와 한 약속 지킬래요. 아버지 돌아가시기 전에 무균실에만 계셨는데 이렇게라도 함께 뛰면 좋아하실 거예요."

경하는 휠체어에 아버지 영정사진을 고정하고 밀면서 달리겠다고 했다. 처음에는 42.195킬로미터 마라톤 풀코스를 다 뛰겠다고 우겼다. 하지만 경하도 남편과 같이 수술을 받았기 때문에 몸이 회복된 상태가 아니었다. 풀코스 완주는 무리였다. 경하는 생각을 바꿔서 릴레이 마라톤을 뛰겠다고 했다. 친한 친구가 앞서 20킬로미터를 뛰어주고 나머지 22.195킬로미터를 경하가 달리겠다고 했다. 대회 주최 측에서 휠체어를 끌고 출전한 전례가 없다고 거절했지만 아들이 끈질기게 설득해서 허락을 구했다.

아들의 첫 마라톤 도전이었고 몸이 성치 않은 상태라서 걱정이 많았다. 휠체어를 밀면서 달리려면 허리를 숙여야 해서 아들은 첫 연습 때 허리가 많이 아프다고 했고 결국 15분 만에 포기했다. 그런데 아들은 한 달 동안 이 악물고 연습을 했다.

"엄마, 연습하는 내내 아버지와 함께했던 추억을 하나하나 떠올렸어요. 그 추억들이 저를 지치지 않게 붙잡아 주었어요."

대회가 열린 날 정말 많은 분들이 경하를 응원해 주었다. 결승점에서 보자며 엄지손가락을 세워 보이고 붉어진 눈시울로 아들의 등을 토닥거려 준 사람들, 아들을 도와주겠다고 했던 외국인 러너도 있었다. 결승점에 먼저 들어와서 아들을 응원하는 사람들도 있었다.

하지만 잠실대교를 지날 즈음에 경하는 허리가 너무 아파서 속력을 낼 수 없었다. 손이 저리고 호흡이 힘들어졌다. 눈이 풀려서 앞이 잘 보이지 않았고 죽을 것만 같아서 포기하고 싶다는 생각이 들었다고 했다. 그렇게 모든 것이 무너질 것처럼 힘들 때 허리를 숙일 때마다 아버지와 눈이 마주쳤다. 그러면 경하는 다시 일어났고 힘을 내서 달릴 수 있었다.

"아버지 음성이 들리는 것 같았어요. 아들, 조금만 힘내! 넌 할 수 있어."

결승점이 100미터쯤 남았을 때 정말로 해냈다는 생각에 경하는 참았던 눈물을 터트렸다. 한 발, 한 발 안간힘을 실어서 내디뎠고, 12시 30분경 결승점을 통과했다. 수많은 사람이 휠체어를 밀고 결승점을 통과한 아들의 모습을 사진에 담았고 사연을 궁금해 했다. 한 기자가 경하와 인터뷰했고 우리 가족의 사연이 세상에 알려졌다. 정말 많은 사람들이 함께 슬퍼해 주었고 아들을 칭찬하고 우리 가족을 위로했다.

'아드님이 정말 멋지네요. 요즘 세상에 없는 효자예요.'

'아버님도 하늘에서 웃고 계실 거예요. 나머지 가족 모두 화목하고 행복하시길 바랍니다.'

네티즌이 써준 댓글처럼, 남편은 울면서 달리는 경하를 보고 있었을까?

"여보, 우리 아들이 힘들게 달린 건 모두 당신을 위해서야."

평소에도 남편은 아들에게 세상에서 가장 존경하는 어른인 동시에 가장 가까운 친구였다. 경하는 아버지 아들로 태어난 것에 감사하고 또 감사한다고 했다. 아버지의 아들이라는 사실이 삶의 자부심이라고 했다. 그런 아버지가 평생 일만 하느라 세상 구경도 못 하고 여행 못 다닌 것이 마음에 늘 걸렸다고 한다.

한번은 이런 일도 있었다. 시공 비성수기에 영종도 쪽에 일이 잡혀서 둘이 차를 타고 일터로 갔다. 새벽에 출발해서 시공을 마치고 돌아오는 길에 경하와 남편이 이런 대화를 나누었다고 한다.

"일주일에 한 번까지는 바라지도 않아요. 한 달에 하루 정도는 쉬어야 하는 거 아니에요? 너무 고생만 하면 병나요, 아버지."

경하의 걱정스러운 잔소리에 남편이 웃으면서 대답했다.

"경하야, 일이 있는 것은 감사한 거고 가족이 있어서 눕지 않고 앉아 있고, 앉지 않고 서 있고, 서 있지 않고 뛸 수 있다는 것이 기쁘지 않니?"

매일 새벽 5시가 되면 일터로 나갔고 단 한 번도 약속을 어긴 적이 없던 남편. 항상 가족만 바라보고 살았고 같이 일했던 동료들도 정말 부지런하고 솔직한 사람이라고, 요즘 같은 세상에서 보기 드문 사람이라고 칭찬했던 사람. 아들에게 마음이 부자인 사람이 진정한 부자이고 그런 삶이 성공한 삶이라고 가르쳤던 남자. 경하는 그런 아버지가 자신의 미래라고 당당하게 말한다.

두 사람이 함께 그 긴 거리를 달리고도 아쉬움이 남았는지 경하는 또 한 번의 여행을 준비했다. 직장을 잠시 쉬고 아버지의 영정사진을 휠체어에 얹고 여행에 나섰다. 용인을 시작해 공주, 옥천, 안양, 그리고 아버지의 고향인 강원도 영월을 들려 다시 부천으로 돌아오는 850킬로미터의 여정이다. 일 때문에 다른 즐거움을 모르고 살았던 아버지에게 세상을 구경시켜주고 싶다는 효자 아들이다.

"여보, 이렇게 착한 아이들 두고 어떻게 먼 길을 떠났어요? 평생 당신을 그리워하고 기억할 우리 아이들 앞날을 당신이 밝게 비춰주길 바랄게요. 나는 여기서 아이들을 위해서 살게요. 여보, 많이 보고 싶어요."

깊고 넓게
흐르는 엄니의 사랑

단 하루만이라도 엄마와 같이 있을 수 있는 날이 우리들에게 올까? 엄마를 이해하며 엄마의 얘기를 들으며 세월의 갈피 어딘가에 파묻혀버렸을 엄마의 꿈을 위로하며 엄마와 함께 보낼 수 있는 시간이 내게 올까? 하루가 아니라 단 몇 시간만이라도 그런 시간이 주어진다면 나는 엄마에게 말할 테야. 엄마가 한 모든 일들을, 그걸 해낼 수 있었던 엄마를, 아무도 기억해 주지 않는 엄마의 일생을 사랑한다고. 존경한다고.

신경숙 작가의 소설 《엄마를 부탁해》를 읽으면 시어머니가 떠오른다. 시어머니는 헌신적인 어머니의 전형이시다. 친정엄마와 같은 내 시어머니.

내 휴대전화에 시어머니는 '엄니'로 저장되어 있다. 충청도에서 어린 시절을 보냈던 나는 친정엄마가 당신 시어머니를 엄니라고 부르셨던 게 참 보기 좋았다. 왠지 엄니라고 부르면 시어머니와 며느리의 정이 더 돈독해지는 것 같다.

어린 나이에 남편과 결혼해서 결혼이 뭔지, 시댁이 뭔지도 모르고 덥석 가정을 이루었다. 시댁에 가면 시부모님과 그 위에 시할머니까지 계신다. 영월에서 평생 농사지어서 칠 남매 키우시고 욕심 없이 소박하게 살아온 분들이다. 일평생 새벽 네 시에 일어나 해질 때까지 일만 하셨다. 편안하게 여유를 즐기는 삶이 뭔지도 모르신다.

시할머니와 어머니는 힘든 농사일이 몸에 배서 그런지 힘든 일인지 모르고 며느리들에게 농사일을 시키신다. 우리는 일이 힘들어서 부부싸움을 하기도 했다. 시댁에 인사 왔다가 농사일에 너무 놀라서 결혼을 다시 생각해야겠다고 한 며느리도 있었다.

한 번은 밭에서 일하는데 우박이 쏟아졌다. 시댁에 갈 때마다 농사일을 힘껏 도와야 한다는 생각에 늘 마음이 바쁘다. 다음날이면 집으로 돌아가야 하기 때문이다. 시어머니는 우박 떨어진다고 내려가자고 멀리서 부르셨다.

"어머님, 우박 피해서 좀 계세요. 두 고랑마저 하고 갈게요!"

　시어머니는 나를 붙잡고 호미를 챙기면서 어서 내려가야 한다고, 우박을 맞으면 안 된다고 하시면서 밭에서 끌어내셨다. 그리고 웃옷을 벗으셔서 나를 감싸듯 덮어주셨다. 어머니의 손은 흙투성이에 주름이 자글자글했다. 손톱은 새까맣게 흙이 끼었고 피부는 나뭇등걸 같았다. 우박에 맞은 어머니의 손등이 벌겋게 부어오르는 데도 아무렇지도 않은 듯 말씀하셨다.

　"괜찮아, 안 아파."

　시어머니는 계속 우박을 막아주셨다. 아픈 것보다 나를 손으로 가려주는 일이 더 중요한 어머니의 손이다. 어머니의 고생스러운 삶에 우박이 내리치듯 내 마음도 아팠다.

　시할머니도 어머니 못지않게 나를 아껴주셨다. 한번은 시할머니께서 텃밭 비닐하우스로 부르셨다. 며느리가 여럿인데 그중에서 나만 부르려니 눈치가 보이셨나 보다. 비닐하우스에서 동서들 가져갈 시금치 뜯으라는 핑계를 대셨다. 같이 시금치를 뜯던 시할머니는 누가 볼 새라 두리번거리면서 고무 밴드로 묶은 돈뭉치를 속주머니에서 꺼내셨다.

　"아가, 이거 받아라."

　"뭐예요, 할머니?"

　"얼른 챙기라. 네 형님이랑 동생 보기 전에."

　그 무렵 남편과 내가 시댁의 낡은 살림살이와 가전제품을 새

것으로 모두 바꿔드렸는데, 시할머니 말씀이 "너는 항상 실속 못 챙기고 시댁에 베풀기만 한다"고 하셨다. 우리 부부가 시댁 가전제품 바꿔드린 것이 마음 쓰이셨던 것이다. 너도 아이들과 살기 빠듯할 텐데 생활비에 보태 쓰라고 하셨다.

김칫국물도 허투루 안 버리시는 알뜰하고 검소하셨던, 그래서 돈에 대한 애착도 많으셨던 시할머니. 딸들에게 받은 용돈을 한 푼, 두 푼 모으셨는데 그걸 나에게 전부 주신 것이다. 무뚝뚝하고 직설적이지만 마음 하나는 따뜻한 분이셨다.

이렇게 시댁 식구와 정이 깊고 애틋하지만, 서운한 일이 없지는 않았다. 시어머니는 다른 며느리들은 뱀에 물린다고 한사코 밭에 가는 것을 말리셨다. 그런데 나에게는 두꺼운 바지와 양말을 주시면서 밭에 갈 채비를 하라고 하시는 게 아닌가?

'나도 뱀이 무서운데.'

내가 좀 더 수고하면 어머니께서 고생을 덜 하실 수 있다는 생각에 열심히 일했지만, 나를 귀하게 여기지 않는 것 같아서 서운했다. 그날 밤 잠자리에 누워서 애꿎은 남편에게 투정 아닌 투정을 부렸다.

"어머님은 내가 만만하신가 봐."

남편은 웃으면서 말했다.

"엄마는 당신이랑 있는 게 좋은 거야. 다른 며느리들은 당신만큼 도움도 안 되고 번거롭기만 하니까."

남편은 어머니의 깊은 뜻을 대신해서 변호해 주고 코를 골면서 곤하게 잠들었다. 그러고 보면 어머니와 나란히 누워 밤새 조근조근 이야기를 나눈 적이 한두 번이 아니었다. 그날의 서운함을 그렇게 잊기로 했다.

요즘 나에게는 한 가지 걱정이 생겼다. 끈끈했던 어머니와의 사이가 남편의 죽음으로 예전 같지 않을 것 같아 조금 염려스럽다. 남편을 보내고 어머니께서 먼저 교회에 같이 가자고 하셔서 모시고 간 적이 있다. 어머니는 교회에 다니지는 않는데 아들이 천국에 갔으면 하는 마음에 찬양을 따라 부르셨다.

자식 잃은 어머니의 마음이 느껴져서 왈칵 쏟아지는 눈물을 참느라 목이 멨다. 아들 차와 같은 차를 보면 따라가시고, 아들이 일하다가 잠깐 들러서 밥을 먹고 가던 기억 때문에 '엄마, 나왔어' 하면서 들어올 것만 같다고 말씀하신다. 그런 어머니께서 전화하셔서 용돈 보내는 것 잊지 말라고 당부하시면서 이미 알고 있는 계좌번호를 또 알려 주신다. 그건 돈 때문이 아니라 며느리와의 연결 고리가 끊어질까 봐 염려되시기 때문일 것이다.

흔히 말하길 고부간의 갈등은 영원히 풀리지 않는 숙제라고 한다. 요즘은 시어머니와 며느리가 서로 떨어져 사는 조건으로 결혼하기도 한다고 들었다. 하지만 그런 현상이 누구에게나 해당하는 것은 아닌 것 같다. 나만 해도 시부모님이 친정부모 이상으로 가깝고 좋았다. 남편도 없는 마당에 시어머니마저 멀어지지 않을까 염려되고, 편찮으시면 어쩌나 덜컥 겁부터 난다. 내가 어머니보다 더 많이 걱정하고 가슴 졸이는 것을 어머니께서 알아주시면 좋겠다.

빈 의자

빈 의자가 비를 맞고 있다. 나는 한참을 할아버지가 말없이 앉아 계시던 자리를 떠나지 못하고 우두커니 서 있었다. 힘없이 늘어진 어깨가 한 움큼밖에 안 되어 보이던 몸을 힘겹게 의자에 의지해 앉아 계셨던 할아버지. 의자에 앉아서 멍하니 허공을 바라보시는 할아버지께 왜 그렇게 앉아 계시냐는 물음에 알아들을 수 없는 웅얼거림으로 답하시곤 하셨다. 지금은 주인을 잃은 빈 의자만이 쓸쓸하게 대문을 지키고 있다. 할아버지는 매일매일 누구를 그렇게 기다리셨을까?

친정집이 보이는 막다른 골목에 들어서면 언제나 대문 한켠을 자리하고 앉아 계신 할아버지 모습이 가장 먼저 눈에 들어왔다. 항상 곁에 있어서 그 소중함을 잊고 살았던 날들에 대한 남은 자의 슬픔이 이런 것인가 보다. 갑자기 사라진 것에 대한 텅 빈 허전함에 왈칵 눈물이 쏟아졌다. 비로소 인생의 등 뒤로 지나가 버린 그리운 것들을 잃고 있음을 깨달았다. 살아 계실 때 소중함을 알고 함께하는 기쁨을 누렸더라면 좋았을 텐데.

새벽에 걸려온 할아버지의 운명을 알리는 엄마의 전화가 아니었다면 난 여느 때처럼 그분의 존재를 잊고 무심한 하루를 보냈을 것이다. 그 순간 많은 생각이 스쳐 갔다. 어쩌다 한번 가는 것도 쫓기듯 서둘러 발걸음을 옮겼다.

멀어져 가는 뒷모습을 늘 먼 발치에서 바라보시던 할아버지의 모습이 떠올랐다. 모질게 아려오는 슬픔에 그 자리에서 주저앉아 한참을 울었다. 타임머신이 있다면 과거로 날아가고 싶었다. 아니 하루 전으로 돌아갈 수 있다면 그럴 수만 있다면 좋겠다.

할아버지와 마주 앉아 나누고 싶은 이야기가 많았다. 먼 길 떠나시는 할아버지께 마지막 인사도 드리지 못했는데. 죽음이 이렇게 빨리 찾아올 줄 몰랐다. 마지막으로 할아버지를 뵌 적이 언제였던가? 얼른 기억나지 않는 나 자신을 원망하며 할아버지를 모신 병원 영안실로 향했다.

평소 십 원짜리 하나도 아까워하시던 할아버지였지만 마지막 가시는 길만큼은 남들 하는 것처럼 꽃으로 화려하게 장식했다. 그리고 그토록 보고 싶어 하셨던 고향의 가족과 친지들을 만나실 수 있도록 준비했다. 구십 평생 당신을 위한 잔치 한 번 그럴 듯하게 못 하시고 육신이 떠난 뒤에야 할아버지를 위한 큰 잔치가 벌어진 셈이다. 그런데 정작 잔치 주인공인 할아버지는 맛있는 음식도 못 드시고 찾아온 많은 손님들 손 한 번 잡아 줄 수 없다. 잠시도 쉬지 않고 내리는 비는 마음을 더욱 울적하게 했다. 이런 내 마음과는 상관없이 호상이라며 여기저기서 웃음소리가 크게 들렸다.

아주 오래전에 올려다본 어깨가 까마득한 산처럼 높았던 할아버지께서 내 앞에 삭정이처럼 뼈만 앙상한 나무토막으로 누워 있었다. 이렇게도 허무하게 끝나버리는 삶인 것을 할아버지는 왜 그리도 힘겹게 살았을까? 일제강점기에는 징용살이 하셨고 전쟁통에는 피난을, 보릿고개의 지독한 배고픔에 그 암울하고 모진 세월을 근심 속에서 사셨던 할아버지. 기껏 삼베 수의 한 벌을 걸치고 가셨다. 애써 키운 자식들에게 유언한 마디 남기지 않으시고 그리도 허무하게 가시려고, 그렇게 조용히 가시려고 아파하시고 고통스러워하셨던 것일까?

"할아버지, 이제 세상에서 무거웠던 짐 다 내려놓고 부디 편히 쉬세요. 남들보다 더 오래오래 할아버지를 부를 수 있어서 저에겐 아주 큰 행운이었어요. 비록 다정하게 뺨 비비며 표현해 주셨던 사랑은 아니었지만, 투박하고 따뜻한 할아버지의 사랑 잊지 못할 거예요. 할아버지 사랑해요."

인생이 앉았던 자리……

그렇게 할아버지와 삼 일간 지상에서의 마지막 시간을 보냈고 나는 부모님을 모시고 집으로 돌아왔다.

할아버지가 없는 빈방은 공허함으로 가득했다. 아직 구석구석 짙게 배어 있는 할아버지 냄새와 생전에 쓰시던 물건들이 그대로 놓여 있었다. 물건들을 정리하면서 할아버지의 꼼꼼함에 미소가 지어졌다. 가끔 사다 드리는 사탕 한 봉지도 돈 아깝다고 사오지 말라고 정색하시던 할아버지, 상자마다 여기저기 굴러다니지 않게 고무줄에 꽁꽁 묶은 잡동사니들이 차곡차곡 잘 정돈되어 있었다.

꼼꼼하시고 절제된 삶을 사셨던 할아버지, 자식들에게 폐가 되니 얼른 가야 한다고 입버릇처럼 말씀하시며 자신의 명을 원망하시곤 하셨다. 얼마 안 되는 돈이지만 자신이 죽으면 장례에 조금이라도 보태야 한다며 모아놓은 손때 묻은 낡은 통장도 눈에 띄었다. 옷장엔 아끼시는 바람에 제대로 입지도 못한 옷이 새것인 채로 걸려 있고, 이미 오래전에 멈춘 고물 시계와 할아버지가 생전에 가장 아끼셨던 성경책과 그 위에 올려져 있는 돋보기안경이 전부였다.

할아버지는 사람이라면 마땅히 자신의 존재와 내력을 알아야 한다며 언젠가 족보를 펼쳐놓고 자상하게 설명해 주셨다. 그 역사 속에서, 우리의 가슴 속에서 할아버지는 든든한 뿌리로 영원히 남아 있을 것이다.

며칠 후에 다시 찾은 할아버지 빈 의자 앞에서 나는 깊은 생각에 잠겼다. 후회는 아무리 빨라도 늦다고 했던가! 할아버지는 인생에 연습은 없다는 큰 깨달음을 선물로 주시고 가셨다. 안 들어오고 뭐 하냐며 아버지께서 나오셨다. 오랜만에 나는 갑자기 아버지 팔에 매달려 보고 싶었다. 팔짱을 끼고 바라본 아버지는 제 살점을 새끼에게 다 먹이고 빈껍데기로 둥둥 떠다닌다는 우렁이 껍데기처럼 그렇게 늙어 가시고 있었다. 서글펐다.

'아버지 감사해요. 이젠 저희가 아버지의 등받이 의자가 되어드릴 차례예요. 편하게 기대세요.'

마음속으로 그렇게 한없이 되뇌었다.

일찍 철든
아이들

하루는 집 현관에 종이 상자가 여러 개 놓여 있었다. 아들 경하에게 무슨 상자인지 물었다.

"폐지 줍는 할머니께 가져다 드릴 거예요."

"상자를 드린다고?"

"돈으로 드리면 안 받으실 것 같고, 받으셔도 마음이 불편하실 수 있잖아요."

종이 상자들은 전부 새것이었다. 아들 말이 동네를 돌아다니면서 폐지를 수집하는 할머니를 위해 샀다는 것이다.

아이들을 키우면서 가장 뿌듯할 때는 어른들에게 잘하는 모습을 볼 때다. 한 번도 어른들에게 공손하라고 특별히 가르친 적은 없다. 부모는 아이들의 거울이라고 하니, 우리 부부의 삶을 보면서 자연스럽게 배웠나 보다.

우리 부부는 아이들이 어렸을 때도 아이들 밥 먹는 건 뒷전이고 어른부터 챙겼다. 맛있는 음식이 있으면 어른들께 먼저 드렸다. 이것이 전부 산교육이 된 것 같다.

남편과 나는 자녀교육에 대한 생각이 비슷해서 아이들에게 공부하라고 말한 적이 별로 없다. 대신에 사업을 하면서도 늘 공부하는 모습을 보여 주었다. 공부 외의 부분에서도 마찬가지다. 우리 부부는 초등학생 때부터 돈을 주고 옷을 직접 사 입으라고 했다. 바가지를 쓰든, 옷을 잘못 고르든 시행착오가 필요하다고 생각했기 때문이다. 아이들이 선택해서 옷을 잘 사 입고 안 입는 옷은 중고로 팔기도 한다. 아이들 친구들은 부모님의 잔소리 들을 일이 없는 우리 아이들을 부러워한다고 한다. 과도한 관심을 받지 않아서 그런지 아이들은 자유롭고 자립심이 강했고 어른스러웠다.

아이들은 나약하지 않고 어떤 상황에서도 거짓말을 하지 않는다. 나는 아이들이 이만큼 커 준 것만 해도 고맙다. 무엇보다 인성이 반듯한 점, 그것이 제일 마음에 든다.

잘 자라줘서 고맙지만 만약에 나에게 선택권이 주어진다면 아이들 어린 시절로 돌아가고 싶다. 엄마의 손길이 필요했던 시기에 소홀했던 것이 두고두고 미안하다. 사업이 어려울 때는 아이들에 대한 미안함이 더욱 커진다. 따지고 보면 아이들과 함께할 시간을 사업과 맞바꾼 것인데 아이들의 희생이 부질없어진 것 같아서 회의감이 들었다. 많은 시간을 함께하지 못한 것 말고도 아이들을 단계적으로 가르치지 못한 것도 후회된다. 만약에 그때로 돌아간다면 아이들의 상처를 보듬어주고 싶다.

아들이 지금도 이야기하는 일이 있다. 어렸을 때 다리를 다쳤는데 엄마가 없어서 혼자 병원에 갔었다. 이 사실을 안 이모가 동행하긴 했지만, 다리에서 피가 나는데 엄마가 없어서 상처가 됐다고. 아들과 딸의 기억 속의 엄마는 공부와 일을 병행하느라 늘 바쁘고 여유가 없는 모습이다.

이렇게 부족한 엄마인데도 나를 극진히 사랑하는 걸 보면서 복잡한 감정을 느낀다. 한번은 당시 고등학생이던 딸이 엄마 아빠 결혼기념일에 명품 지갑을 선물하고 싶어 했다. 학생이 무슨 돈으로 명품 지갑을 사겠는가? 특히, 나는 아이들에게 돈의 소중함을 알게 해주고 싶어서 용돈은 넉넉하게 주지 않았다. 아이들은 돈이 필요하면 직접 아르바이트를 해서 벌었다. 남편은 그래도 용돈을 후하게 주는 편이었다. 나 몰래 아이들에게 용돈을 주곤 했는데 나는 집안일을 하거나 심부름을 할 때만 주었다.

사정이 이런데도 딸이 명품을 사려는 데는 이유가 있었다.

딸이 보기에 아빠는 자신에게 너무 인색하고 명품이 뭔지도 모르고 관심도 없는 사람이다. 아빠가 누리지 못한 것을 자기 힘으로 대신 누리게 해주고 싶었던 것이다.

딸아이는 6개월 내내 아르바이트를 했다. 돈을 차곡차곡 모으면서 틈만 나면 찜해 놓은 지갑이 있는 백화점 명품 매장에 들렀다.

"손님, 또 오셨어요?"

직원들이 알아볼 정도로 자주 갔나 보다.

"학생 부모님은 참 좋겠어요. 정말 효녀를 두셨네요."

유리 진열장 밖에서 지갑을 보면서 딸은 상상했을 것이다. 엄마 아빠가 선물을 받고 좋아하는 모습을, 딸이 사준 지갑이라면서 자랑하는 모습을. 딸은 그 상상을 몇 번이나 했을까.

선물을 준비한 아이들은 결혼기념일에 식당을 예약했다. 식사를 주문하고 밖으로 나가더니 딸이 직접 만든 케이크와 꽃, 커다란 선물 상자를 들고 노래하면서 들어왔다. 선물 상자에는 명품 지갑과 신발이 들어 있었다. 그 무렵 딸은 아르바이트해서 월급을 모으는 바람에 자신이 쓸 용돈이 없다고 용돈을 달라고 했다. 나는 딸의 씀씀이가 커진 것 같아서 야단을 치기도 했다. 그런데 이런 이벤트를 계획했을 줄은 몰랐다.

아들은 군대를 제대한 후에 아버지와 일하면서 모은 돈으로 값비싼 옷을 선물했다. 알고 보니 무뚝뚝한 아버지 대신해 아들이 나서서 선물한 것이다.

"엄마, 이 옷은 아버지가 엄마한테 드리는 선물이에요. 내 월급을 아버지께서 주셨으니까요. 아버지 사랑을 입는다고 생각하세요."

그 말이 너무 고마워서 눈물이 났다.

어느 날 목사님이 나에게 이런 말을 전해 주었다.

"아드님과 따님이 엄마가 롤 모델이라고 하더군요. 엄마는 배울 게 참 많은 사람이고 멘토라고 했어요. 참 좋으시겠습니다."

이 말이 얼마나 힘이 되고 고마웠는지 모른다. 전에도 아이들이 이런 말을 해준 적이 있다.

"엄마는 할 수 없을 것 같은 일을 해내는 사람이야. 엄마가 내 목표는 이거다고 이야기하면 마음속으로는 할 수 있을까? 근데 나중에 보면 엄마가 그걸 다 해내고 있었어. 그게 너무 대단해!"

아이들은 깜짝쇼를 잘한다. 밖에서 힘들게 일하는 엄마 힘내라고 이벤트를 하고 장문의 손편지를 써서 내 가방에 넣어놓곤 한다. 요즘 아이들답지 않게 우리 아이들은 문자 메시지 보내는 것보다 손편지를 좋아한다. 우리 부부뿐만 아니라 할머니 할아버지에게도 장문의 편지를 쓴다. 힘들어도 편지, 응원도 편지로 한다. 이런 것들이 가족애를 만들어내는 것 같다. 아이들이 없었다면 그 힘든 세월을 어떻게 견디고 이겨냈을까.

이제 몇 년 더 있으면 사회로 나갈 아이들이 꿈을 이룰 수 있도록 도와주는 버팀목이 되어주고 싶다. 약한 사람을 보면 도와주는 듬직한 아들. 아들은 내가 하려는 요양원 사업과 잘 맞을 것 같다. 같이 사업을 일궈갈 생각이다. 요리하는 걸 좋아하고 손재주가 좋아서 뭐든 잘 만드는 딸은 유아교육학을 전공하고 있다. 딸이 어린이집을 직접 운영하도록 도와주고 싶다.

일찍 철 든 아이들, 철없는 엄마 많이 도와줘. 엄마도 너희들에게 버팀목이 될게.

행복,
맛으로 기억되다

맹자의 《고자(告子)》상편에 이런 구절이 있다.

"식욕과 색욕은 인간의 본성이다(食色, 性也)"

옛 성현들은 인간 본성을 논할 때마다 식욕을 거론했다. 인간의 삶에 먹는 일이 가장 기본이라는 인식 때문이다.

사람들 사이에서 가장 흔하게 하는 인사말이 "우리 언제 밥한번 먹자"다. 하지만 정작 직접 차려낸 밥을 같이 먹는 것은 만만치 않은 일이다.

정을 나누는 가장 낭만적인 방법 중에 하나가 식탁을 함께 나누며 소통하는 즐거움일 것이다.

나는 음식 만드는 것을 좋아한다. 특히 좋은 재료를 준비해서 김치 담는 걸 좋아한다. 이것을 아시는 시어머니는 내가 도착하기도 전에 으레 밭에서 배추, 무를 뽑아서 쌓아놓고 집 안에 있는 커다란 김치통을 모조리 꺼내서 닦아 놓으신다. 나는 조금이라도 더 맛있게 만들려고 고추를 칼로 다져서 시원한 국물 맛이 일품인 물김치를 담았다. 내가 담은 물김치를 가져가는 형제들의 행복한 얼굴을 보는 게 좋아서 하는 이벤트다. 담글 때는 신이 나지만 밤에는 고추의 매운 내가 손에 배서 잠을 잘 수가 없다. 남편이 얼음물을 가져와서 화기를 빼줘야 조금은 살 것 같다.

시어머니와 나는 음식이라는 하나의 공감대가 있어서 사이가 더 좋았다. 내가 손이 큰 것도, 음식하는 걸 좋아하는 것도 전부 어머니를 닮았다. 어머니는 알뜰살뜰하시고 음식 솜씨 또한 매우 좋다. 어쩌다가 시댁에 가면 시어머니가 챙겨준 음식 보따리가 차에 가득 채웠다. 어머니 표 깻잎은 벌꿀을 아낌없이 부어 만든 양념장을 한 잎, 한 잎 바른 웰빙 음식으로 맛이 아주 일품이다. 내가 이웃들과 나누어 먹는 것을 좋아한다는 사실을 잘 아시는 어머니는 넉넉하게 한 보따리 싸주신다. 그 외에도 어머니 손길이 닿은 잘 말린 무청, 보리밥을 넣어 만든 막장, 고구마며 감자, 직접 빚은 만두, 쌉쌀한 고들빼기가 차에 다 싣지 못할 정도로 많다.

우리가 떠날 때마다 어머니는 차가 보이지 않을 때까지 서 계신다. 저 멀리 작게 보이는 어머니의 실루엣이 왜 그렇게 슬프던지, 고맙고 애틋해서 집으로 돌아가는 내내 남편과 나는 말이 없었다. 아니, 가슴이 먹먹해져 아무 말도 할 수 없었다는 표현이 맞을 것 같다. 둘 다 영월에서 보낸 며칠의 여운과 어머니 생각은 신 나서 갈 때와는 다르게 돌아오는 내내 서운함과 애틋함에 말을 잃곤 했다.

사실 시골에서 농사를 짓는다는 건 도시 사람들이 상상할 수 없는 수준이다. 보통 힘든 일이 아니다. 그런데 시골에는 온통 노인들만 남아서 힘든 일을 한다. 그런 모습을 볼 때마다 마음이 아프다. 그래서 마을 어르신들도 내 부모님 같고 일하러 온 분들도 모두 식구 같다.

시댁은 농사철마다 동네 사람들의 손을 빌린다. 한번은 무척 더운 여름날, 뙤약볕 아래서 힘들게 일하는 분들을 보고 문득 이런 생각이 들었다.

'시원한 냉면 한 그릇 대접하면 얼마나 좋을까?'

산 중턱에서 냉면이라니 생각만으로도 마음이 들떴다. 시원하게 드시는 모습을 보고 싶어서 마음이 설레었다. 면을 삶고 육수 내서 얼리고 고명을 만들었다.

어르신들은 팔십 평생 산속에서 처음 냉면을 먹는다고 기뻐하셨다. 뙤약볕에 빨갛게 달아오른 얼굴이 시원한 냉면으로 조금은 열기가 식은 것도 같다.

그날 산속에서 대접한 시원한 냉면 한 그릇은 동네에서 화제가 되었다. 별것도 아닌 냉면 한 그릇으로 여러 사람이 행복할 수 있었다. 음식 대접은 세상 어떤 것보다도 마음을 전하는 정이다

남편과 나는 가끔 이웃 할머니들께 맛있는 것 사드시라고 용돈을 드렸다. 세월이 흘러서 교회에 가보니 그분들이 모두 돌아가시고 없었다. 마치 내 부모가 돌아가신 것 같아서 며칠 동안 가슴앓이를 했다. 평생 작은 마을을 떠나 본 적이 없었던 어르신들의 삶을 생각하면서 시어머니 살아 계실 때 더 잘해야겠다고 마음먹었다.

지금도 어머니가 직접 심고 기른 살이 오른 무, 통통한 배추를 보면 빨리 뽑아다가 김치를 담고 싶어진다. 음식 솜씨가 좋다고 칭찬을 듣는 건 항상 좋은 재료를 준비해 주시는 어머니 덕분이다. 어머니 살아 계실 때, 그분만의 된장, 깻잎 담기를 배워서 내 자식들에게 가르쳐 주고 싶다. 아이들이 시할머니와 어머니, 그리고 나로 이어지는 우리 집만의 맛있는 반찬을 먹으면서 그분들을 기억해 줬으면 한다. 가정에 헌신하면서 자식들을 사랑했던 우리의 엄마를.

마지막
가족여행

　마지막이라는 말은 언제나 커다란 슬픔과 아쉬움을 동반한다. 그래서 사람들은 마지막에 특별한 의미를 부여하는 것 같다. 마지막 만남, 마지막 인사, 마지막 사랑……. 그런데 '마지막'이라는 수식어가 붙는 의식이 정말 슬픈 까닭은 그것이 마지막인지 당사자들이 모르는 데 있다. 마지막이라는 것을 모르고 무덤덤하게 그 순간을 보낸다.

　작년에 우리 가족은 10일간 유럽 4개국을 여행했다. 그리고 이 여행은 우리의 마지막 여행이 되었다. 돌아와서 살펴본 사진 속 남편의 표정이 슬퍼 보였다. 웃고 있어도 알 수 없는 서글픔이 묻어 있었다. 남편은 마지막이라는 걸 예감했을까.

　우리의 첫 여행지는 영국이었다. 도착했을 때는 이미 해가진 뒤였다. 런던 상공에서 야경을 보면서 앞으로 무엇을 보게 될까 가슴이 두근거렸다. 런던도 좋지만 여행의 설렘이 더 좋았다.

런던을 여행하는 가장 좋은 방법은 이층 버스를 타는 것이다. 어릴 때부터 런던 이층 버스에 대한 환상이 있어서 버스를 타기 전부터 설레었다. 높은 곳에서 바라보는 런던 풍경이 신기했다. 24번 버스는 마치 런던 시티투어 버스 같았다. 트리팔가 광장, 웨스트민스터 사원, 빅벤, 런던아이, 대영박물관, 캠든마켓, 프림로즈힐을 모두 거친다. 런던을 여행하는 사람이라면 누구나 찾는 명소는 대영박물관이다. 영국은 박물관, 미술관이 모두 무료다.

런던에서는 어느 식당에 가도, 길을 물어봐도 모두가 친절했다. 영국 날씨는 잘 알려진 대로 악명이 높았다. 하지만 런던 거리가 너무 예뻐서 우중충함마저 낭만으로 느껴졌다. 런던에서의 일정은 모두 끝났지만, 우리의 여행은 이제 시작이었다. 센 강과 노트르담이 있는 파리, 스위스, 밀라노, 피렌체, 로마, 폼페이, 나폴리와 소렌토가 우리를 기다리고 있었다.

버스를 타고 스위스로 넘어가던 날 저녁 7시쯤, 잠을 자다가 잠깐 눈을 떴다. 그 순간 조금은 비현실적인 경치가 눈앞에 펼쳐졌다. 조금 과장하면 창밖으로 보이는 풍경이 실제가 아니라 영화 스크린이나 액자를 통해 보고 있는 듯한 착각을 불러

일으켰다. 감각을 잃은 예술가가 이곳을 찾는다면 영감이 떠올라 시를 쓰고 그림을 그리며, 음악을 만들 수 있을 것 같다.

풍경이 마법처럼 사라질까 봐 사진기의 셔터를 분주하게 눌렀다. 그리고 남편과 아이들을 깨워서 어서 보라고 했다. 스위스는 마을 구석구석이 예뻤다. 작은 마을 근처의 숙소에서 자던 날 밤, 가이드는 돌아다니지 말라고 했지만, 우리 가족은 잠깐 밤 산책을 다녀왔다. 그때 남편이 이런 곳에서 살고 싶다고 했다. 나는 남편의 손을 잡아주며 다음에 부모님 모시고 다시 오자고 약속했다.

그리고 둘째 날, 아침 일찍 산악 열차로 꿈에 그리던 융프라우(Jungfrau)로 향했다. 융프라우는 '젊은 처녀'라는 뜻이다. 옛날에는 융프라우를 전문 산악인들만이 볼 수 있었다고 한다. 해발 고도 3,466미터라고 하니 어찌 보면 당연한 일이다. 그런데 아돌프 가이어 젤러(Adolf Guyer-Zeller) 때문에 오늘날에는 모든 사람이 융프라우의 아름다움을 직접 볼 수 있게 되었다.

알프스에 구멍을 내지 말라는 사람들의 반발과 자금난, 추위, 폭발 사고로 인한 죽음을 이겨내고 철도는 완성되었다. 여기서도 건축의 놀라운 힘을 확인할 수 있었다. 산악 열차 비용이 매우 비싸긴 하다. 그런데 철도 건설에 들어간 노력과 기술을 생각하면 20만 원 넘는 가격이 비싸게 느껴지지 않았다.

융프라우에 도착하면 빙하 속에 있는 얼음 궁전을 만날 수 있다. 여기서 엘리베이터를 타고 올라오면 '유럽의 천장(Top of the Europe)'이라는 융프라우의 장관이 펼쳐진다. 눈에 둘러싸인 웅장한 광경을 보면 압도되지 않을 수 없다. 동시에 그 광경에 매우 순결하다는 느낌을 받았다. 풍경을 의인화하면 융프라우라는 이름 그대로 순결한 처녀일 것이다. 누구에게도 곁을 주지 않고 홀로 아름다움을 빛내는 우아한 아름다움 앞에서 할 말을 잃었다.

이렇게 좋은 스위스에서 마음 아픈 일이 있었다. 산악에 추위에 떨다 들어간 휴게소에서 마침 우리나라 컵라면을 팔고 있었다. 현지 음식만 계속 먹었던 탓에 아이들은 컵라면이 먹고 싶다고 했다. 그런데 컵라면 하나 가격이 만 원이 넘었다. 남편은 무슨 라면이 그렇게 비싸냐고 자신은 먹고 싶지 않다고 했다. 그래서 나는 아이들 것만 샀다. 그런데 남편이 아이들 컵라면을 물끄러미 바라보더니 계속 뺏어 먹었다.

"안 먹겠다더니 그냥 애들 편하게 먹게 놔두지."

남편은 국물만 먹을 거라며 아이들이 남겨주기만 기다렸다. 한정된 열차 시간 때문에 남편에게 라면 사줄 기회를 놓치고 서둘러 자리를 일어나야 했다. 그게 뭐라고. 아무것도 해줄 수 없는 지금, 사소한 작은 것 하나가 이렇게 가슴에 맺힐 줄 알았더라면 열 개라도 사주었을 것이다.

우리는 스위스에 다시 오자는 약속과 함께 아쉬움을 남기고 이탈리아로 갔다. '모든 길은 로마로 통한다', '로마의 휴일', '콜로세움을 세운 건축 능력', '로마에서는 로마법을 따르라' 이렇게나 많은 문장이 연상되는 로마에서 나는 마치 시간의 길을 잃은 것 같았다.

이탈리아의 역사는 인류의 역사라는 생각이 들었다. 유럽 여행의 핵심이라 할 수 있는 이탈리아 여행에서 가장 기억에 남는 사건은 지진이다. 어느 날 새벽 4시 무렵에 시소를 타듯이, 커다란 침대가 움직일 정도로 건물이 흔들렸다. 벽에 걸린 액자가 떨어지고 깜짝 놀라서 일어났다. 한국에서 안부를 묻는 메시지가 왔고 놀란 가슴을 쓸어 내렸다.

아침 일찍 서둘러 호텔을 빠져 나왔고 여행 스케줄을 따라 이동했다. 바티칸 박물관에서 미켈란젤로의 피에타상을 본 것이 기억에 남는다. 젊은 어머니 마리아가 죽은 예수를 안고 내려다보는 조각상, 그 작품을 보면서 경건함과 측은한 동정심, 그리고 숭고한 모성이 느껴졌다. 자식의 목숨이 곧 어머니다.

카프리 섬으로 가기 위해 버스를 기다리고 있는데 바다에서 수영하고 노는 사람들이 눈에 들어왔다. 바다색이 예쁘고 사람들이 즐거워 보여서 우리 가족도 그 틈에 섞여 보기로 했다. 바다로 들어가던 나는 바위에 발을 내딛다가 미끄러져서 풍덩 빠지고 말았다. 샌들 끈은 떨어지고 온몸이 젖었다. 많은 사람들 앞에서 너무 창피해 얼굴도 못 들고 나오는데 우리 아이들이 깔깔 웃으며 재미있어 했다. 남편은 길가에 버려진 빨대를 하나 주어 와서 끊어진 샌들과 연결해 다시 신을 수 있게 해 주었다. 결국 파리에 가서 샌들을 샀다. 아이들은 헌 샌들을 버리라고 했지만, 나는 아직도 간직하고 있다.

이탈리아 남부 여행의 절정은 폼페이였다. 이탈리아를 여행하는 대부분의 사람이 이곳을 필수 코스로 넣는다고 한다. 폼페이는 알려진 대로 2천 년 전 화산재와 용암으로 뒤덮여 순식간에 사라진 고대 도시다. 2킬로미터 성벽으로 둘러싸인 폼페이는 거리 양쪽으로 다양한 유적이 남아 있다.

1748년에 발굴되면서 그 당시 도시와 사람들의 모습이 세상에 공개되었다. 화산재가 도시 전체를 덮었는데도 건물과 거리, 사람의 형체가 너무나 생생하게 남아 있었다. 2천 년 전의 시청과 광장, 시장과 신전, 여관과 술집, 목욕탕 등을 보자 마치 타임머신을 타고 과거로 돌아간 것만 같았다. 비록 무너진 건물 잔해지만 건축양식이나 기법을 볼 수 있어서 신기했다. 벽에 그려진 당시 사람들의 생활상이 너무 생생해 어딘가에서 이런 복장을 한 사람들이 걸어 나올 것만 같았다.

발굴된 유물과 사람을 보관하는 곳에 화산재에 둘러싸여 죽어간 사람이 있었다. 화산 폭발에 놀라 엎드린 남자, 아이를 안고 고개를 숙인 엄마, 옆으로 돌아누운 사람 등 형체가 다양하다. 그 모습이 마치 밀랍인형으로 재현된 것처럼 섬세하다.

넓지 않은 유적이지만 둘러보는 내내 삶에 대한 질문을 던질
수 있어서 좋았다.

여러 여행지 중에서도 폼페이가 특히 인상적이었던 이유는,
다른 관광지와 달리 이곳에는 사람이 있었기 때문이다. 밀려
오는 화산재에 죽어간 사람들을 통해 나도 그 시대의 사람이
된 것 같은 일체감을 느꼈다.

'인생이 뭘까?'

다양한 인간군상을 보면서 이런 생각을 했다. 인간의 수명이 늘어서 백세 시대라고 하지만 인류의 역사를 놓고 보면 고작 백 년이다. 2천 년 전에 살다간 사람들의 삶도 현대를 사는 우리와 크게 다르지 않았을 것이다. 사랑하고 미워하고 희망을 품고 좌절하고 웃고 울고 했을 것이다. 삶 앞에서 겸손해야겠다는 생각이 들었다. 물론 쉽지 않은 일이다. 이렇게 살았다면 삶의 많은 부분에서 후회하지 않았을 텐데.

하지만 마지막이 된 우리의 여행은 후회로 가득하다. 이제 와서 생각하면 사소한 일 하나하나가 아쉽다. 특히 가족사진 찍을 일이 많았는데 사진 찍는 것을 좋아하지 않는 내가 번번이 거절했다. 남편은 사진을 많이 찍고 싶어 했는데 내가 싫어해서 사진이 많지 않다. 여행 중에는 편하다는 이유로 딸아이와 방을 썼다. 남편은 아들과 방을 사용하면서도 밤늦게까지 내 옆에 있었다. 하룻밤이라도 온전히 남편과 좋은 시간을 함께하지 못한 것이 미안하다.

이런 나에게 남편은 서운한 기색을 내비치지 않았고 여행 내내 나를 배려해 주었다. 우리는 버스와 기차를 타고 짧은 시간에 장거리를 가야 해서 아침을 못 먹을 때가 많았다. 부지런한 남편은 일찍 일어나서 아침을 먹었고 빵이나 쿠키를 챙겨 왔다. 버스에 타면 꺼내서 나누어주어 간단한 아침 식사를 대신할 수 있었다.

이 모습을 본 여행 가이드가 가족 단위로 많이 오는데 우리처럼 화목한 가정은 흔치 않다고 했다. 아들이 아빠를 업는 모습을 보고 행복해 보인다고 부럽다는 말을 많이 했다.

"남편분께서 정말 끔찍하게 잘하시네요."

가이드의 말을 듣고 나는 웃기만 했다. 그 사랑이 당연한 줄 알았기 때문이다.

가족이 함께 여행할 수 있는 건 크나큰 행복이다. 지금 가족과 사이가 좋지 않거나 서먹하다면 회복했으면 좋겠다. 함께할 수 있을 때, 함께 있을 때가 축복이다. 그러니 좋은 추억을 많이 만들어서 후회 없이 살아가기를 바란다.

한 뼘 더 자라 돌아온 아들

아들 경하가 돌아가신 아버지와 한 달 여행을 다녀오겠다고 했을 때 조금은 걱정스러웠다. 영정을 실은 휠체어를 밀면서 국도를 걷는 것은 여간 위험한 일이 아니다. 또 남편이 없는 집에 경하마저 없으면 이 슬픔과 불안을 어떻게 견딜 수 있을지 걱정이 되었다.

"일만 하시느라 멀리 가보시지 못한 아버지와 둘이서 여행하는 게 소원이에요."

이 말에 설득되고 말았다. 아들의 뜻이 너무 확고해서 잘 다녀오라고 했다. 그리고 아들에게 여행이 필요할지도 모르겠다는 생각이 들었다. 요즘 같은 장수시대에 일찍 돌아가신 아버지, 그 아버지를 추모하고 생각을 정리하고 아픔을 견뎌낼 혼자만의 시간이 필요했을 것이다. 많이 힘들어 하는 엄마와 여동생 앞에서 눈물조차 보일 수 없었던 아들이 혼자 숨죽여 울었을 시간들을 생각하니 가슴이 메였다. 어쩌면 이 여행을 통해서 경하가 슬픔에서 벗어나 더 성숙해질 수도 있겠다는 생각이 들었다.

하지만 막상 여행을 떠나 후에는 걱정이 배로 커졌다.

'이 녀석 밥은 먹고 다닐까?'

'위험한 도로도 그렇고 무리하는 건 아닐까?'

아들이 어떻게 여행을 하고 있는지 볼 수 없으니 걱정만 늘었다. 한 달 뒤에 경하는 850킬로미터의 여정을 무사히 마치고 건강하고 밝은 표정으로 돌아왔다. 내가 괜한 걱정을 했구나 싶었다. 그리고 빗물로 얼룩진 배낭에서 땀범벅이 된 옷가지들을 꺼내다가 잠들기 전에 썼을 것 같은 30일간의 기록이 담긴 일기를 보게 되었다.

하루하루 어떻게 여행을 했는지, 누구를 만났고 무엇을 느꼈는지. 아버지에 대한 경하의 사랑은 내가 생각했던 것보다 훨씬 크고 깊고 절절했다. 이렇게 사랑하는 부자가 더 이상 만날 수 없다니 가슴이 찢어지는 것 같았고 생전에 아들에게 큰 사랑을 베풀어준 남편이 고마웠다. 노트 한 권 분량의 일기를 한 장, 한 장 읽으면서 나는 울고 웃었다.

먼저 하루를 설렘으로 시작해서 설렘으로 마무리할 수 있음에 감사한다. 지성이와 밥을 먹은 후에 인사를 나누고 충주로 향했다. 오늘의 목적지는 증평이다. 대전에서 청주를 향해 달렸을 때는 국도밖에 없었는데 증평 가는 길은 자전거도로가 잘되어 있어서 마음 편히 걸으며 아버지와 많은 대화를 나눌 수 있었다. 또 걷다 보니 하늘소부터 딱정벌레 등 내가 좋아하는 곤충들을 많이 볼 수 있었는데 가슴이 뜨거워지기 시작했다. 곤충을 보니 또 아버지 생각이 났다.

아버지는 내가 곤충을 좋아한다는 것을 알고 계셨다. 일만으로도 힘드셨을 텐데 아버지는 항상 어린 나의 부탁을 들어주셨다. 근사한 선물이나 용돈 따위가 아니라 그보다 더 귀한 추억을 선물해 주셨다. 나와 강에서 물고기를 잡아주셨고, 냇가에서는 가재를 잡아주시고, 산에서는 사슴벌레를 잡아주셨다.

한번은 아버지와 사슴벌레를 잡으려고 원미산에 간 적이 있었는데 나무마다 바나나와 수박 껍질이 보였다. 그리 오래된 것 같지 않았다. 알고 보니 아버지께서 하루 전날에 사슴벌레가 모이도록 과일 껍질을 미리 산에 두고 가셨던 것이다. 아버지는 나처럼 곤충을 좋아하지 않으셨다. 그저 아들과의 약속이 소중하고 아들이 행복해 하는 모습을 보고 싶으셨던 거다.

그런 아버지가 이제 곁에 없다. 아버지가 너무나 보고 싶다. 결국에는 소리 내서 울고 말았고 아버지 손을 대신해서 휠체어 손잡이를 더 꽉 잡고 달렸다. 훗날에 결혼을 하고 아이를 낳으면 아버지 같은 아버지가 되고 싶다. 아니, 결국 그렇게 될 것이다. 나는 아버지의 아들이기 때문이다.

목적지를 향해서 다시 힘찬 발걸음을 내딛었다. 하지만 얼마 지나지 않아서 날이 어두워지자 초조해지기 시작했다. 고속도로 같았던 국도를 달리면서 점점 무서움을 느꼈다. 그 짙은 어둠 속에서 자동차들은 잘 보이지 않았고 시끄러운 소음으로 나를 긴장시켰다. 그때마다 기도를 하고 아버지의 손을 더 꽉 잡았다. 그렇게 10시 30분쯤에 반월역 인근에 도착했다. 그 순간 휴대전화 배터리가 방전되었고 다시 기도했다.

'아버지, 이 길에서 내가 가는 길이 옳은 길이 되게 해주세요.'

그렇게 20분 정도 거친 숨을 내쉬며 반월역 근처에 위치한 시내에 도착했다. 서둘러 눈앞에 보이는 여인숙에 들어갔다. 짐을 푸는 순간 긴장이 풀렸는지 허리와 다리, 그리고 발바닥이 심하게 아파왔다. 너무 힘들었다. 엄마에게 전화해서 목소리를 듣는 순간, 설움이 복받쳐 올라와서 펑펑 울었다.

그렇게 전화를 끊고 녹초가 된 몸을 일으켜 화장실을 가려던 도중 문 앞에 놓인 아버지 영정을 바라봤다. 아버지와 눈이 마주쳤고 태어나서 처음으로 가장 크게 울고 말았다. 잊고 있었다. 길을 잃었다는 초조함과 몸의 고통 뒤에 아버지가 함께 계셨다는 사실을. 핏줄이 보일 정도로 주먹을 세게 쥐고 다짐했다. 아버지가 함께하는 한 나는 두려울 게 없고 못할 일이 없다고.

그런데 일기가 다가 아니었다. 경하의 마라톤 소식이 인터넷을 통해서 널리 알려지면서 이번 여행도 많은 사람들의 관심을 받았다. 차를 타고 지나가면서 경하를 보게 된 한 경찰 부부의 관심으로 시작된 제보가 결국 KBS의 〈제보자들〉이라는 프로그램 제작진이 여행 막바지에 동행취재를 제안했고 경하는 방송에 출연하게 되었다.

휠체어를 밀면서 캄캄한 밤길을 걷는 아들, 비가 내리면 우비를 입고 아버지와 비를 맞으니까 좋다고 환하게 웃는 아들, 아버지에 대한 사랑과 그리움을 이야기하는 아들의 모습을 화면으로 볼 수 있었다. 분명 하늘나라에 있는 그도 이 장면을 함께 봤을 것이라고 믿는다.

경하 말대로 여행 중에 다양한 사람들이 경하에게 관심을 보였다. 밥집에서 밥값을 계산해 준 아저씨, 아들처럼 손자처럼 예뻐해 주신 아주머니, 할머니들, 다가와서 말을 걸어준 마음이 따뜻한 사람들……. 나는 남편이 떠나면서 세상에 우리 가족 셋만 남았다고 생각했는데 아니었다. 정말 많은 사람들이 위로와 관심, 사랑을 보태주었다. 방송국 홈페이지 게시판에 시청 소감을 남겨준 많은 분들 중에 한 분의 글이 너무나 감동적이었다.

돌아가신 아버지의 영정사진을 휠체어에 태우고 여행을 마친 청년의 이야기를 보고 방송을 보는 내내 눈물을 흘렸습니다. 돌아가신 아버지를 휠체어에 태우고 여행을 떠난 아들! 아버지와의 약속을 떠올리며 아버지께 좋은 곳을 보여 드리려는 마음, 그리고 천국에 가신 아버지를 이제는 마음속에서 보내드리려는 마음. 저 청년이 길을 나서기까지 얼마나 많은 생각을 했을까 하는 생각이 들었어요.

때로는 낯설고 막막한 길 앞에서 울었을 것이고, 아버지와의 추억이 사무쳐 울었을 것이고, 자식과 아내를 두고 천국에 가신 아버지가 원망스러워 울었을 것이고……. '나는 아버지의 아들이고 가장이니 약해지면 안 된다'고

하던 청년이 얼마나 많은 눈물을 한 걸음, 한 걸음 걸을 때마다 길 위에 뚝뚝 흘렸을지 생각하니 마음이 아파서 함께 울었습니다.

방송을 통해서 이렇게 가슴 뭉클한 사연을 접하고 나니 감동의 여운이 오래갈 것 같습니다. 내내 울었지만 기분 좋은 선물을 받은 것처럼 마음이 따뜻하고 훈훈합니다.

아들의 긴 여행은 아버지의 고향인 영월에서 할머니를 뵙고 동생과 함께 아버지 산소에 가는 것으로 끝이 났다. 남편이 살아 있을 때 거수경례는 두 사람만의 의식이었다. 경하가 남편이 잠든 곳을 향해 절도 있는 거수경례를 올리는 것을 보면서 나는 또 울음을 터뜨리고 말았다.

하지만 그 눈물은 슬픔이나 고통의 눈물이 아니었다. 아빠 닮아서 키가 큰 내 아들, 여행 후에 한 뼘은 더 자라온 아들에 대한 사랑과 대견함의 눈물이었다. 나는 남편이 세상에 없다고 생각했지만 이제 결코 그렇지 않다. 경하와 지인이의 삶에서 우리의 사랑도 숨을 쉬고 생명을 이어갈 것이다. 그리고 그 생명은 아이들의 아이들에게로 이어질 것이다. 우리의 사랑은 영원하다.

그리움이
손짓하다

대부분의 사람은 세상에 태어나서 부모와 함께 사는 시간보다, 배우자와 함께하는 시간이 더 길다. 세상 누구보다 가깝지만 그래서 서운한 것이 많고 다툼도 많은 관계가 바로 부부다. 남편과 나도 결혼 생활 동안 갈등이 없지 않았다. 하지만 지금은 그 갈등과 다툼마저도 그립다.

우리의 다툼 중에서 가장 기억에 남는 두 가지 사건이 있다. 싸움의 발단은 남편의 못 말리는 효심 때문이었다. 그때 나는 딸을 임신한 지 5개월째였고 가끔 친정엄마가 운영하는 찜질방에서 엄마를 도왔다. 그날도 네 살짜리 아들 손을 잡고 엄마를 도와주려고 갔다.

남편에게서 연락이 왔는데 급하게 시골에 내려가야 한다는 것이다. 수확을 앞둔 감자를 빨리 캐지 않으면 비가 와서 그 아까운 감자가 다 썩게 된다는 것이다. 그런데 바로 옆 동네도 아니고 갑자기 영월에 가자고 하니 난감했다. 머리는 금방 감아서 산발이고 옷차림도 엉망이고 슬리퍼까지 신고 있었다. 그런 차림으로는 도저히 시댁에 갈 수 없었다.

남편은 집에 들러서 옷을 바꿔 입을 시간을 줄테니 일단 차에 타라고 했다. 방심하고 있다가 어느 순간 차창 밖을 보니 이미 고속도로로 진입하고 있었다. 화가 나서 비명을 내질렀다. 남편은 자기 집이니까 추레해도 상관없겠지만 나는 며느리다. 처지가 하늘과 땅 차이다.

"이대로는 못 가. 빨리 차 세워줘!"

"여기서 어떻게 세워. 그냥 가."

"안 돼! 절대 못 가. 세워줘!"

남편은 끝까지 고집 피우는 나를 이해하지 못하겠다면서 갓길에 차를 세웠다. 화가 난 나는 아들과 내려버렸다. 마음이 조금 진정된 후에 다시 차에 타려고 했는데 남편은 휑하니 가버렸다. 고속도로 갓길에 지갑도 없이 어린 아들과 남겨진 것이다.

눈앞이 캄캄했다. 남편에 대한 원망도 잠시, 마음을 진정시키고 집으로 돌아갈 궁리를 했다. 아들과 나는 도로 아래 가파르게 경사진 곳으로 걸어 내려갔다. 무더위 속에서 두 시간을 걸었다. 어린 아들은 얼굴이 벌겋게 익었고 힘이 하나도 없어 보였다. 버스 기사에게 지갑을 잃어버렸다고 애원했다. 겨우 차를 얻어 탔는데 이번엔 아들이 구토를 하는 게 아닌가. 기사 님에게 너무 죄송해서 아들의 웃옷을 벗겨 차 바닥을 닦았다. 우여곡절 끝에 버스를 세 번이나 갈아타고 집으로 돌아올 수 있었다. 아들과 내 몰골은 말이 아니었다.

집에 돌아와서 정신을 차리고 생각해 보니 너무나 억울했다. 더구나 아들까지 아팠다. 일사병이었다. 병원에서 며칠 치료 를 받아야 한다고 했다. 남편에게 나와 아들, 배 속에 아기는 가족도 아니고 시부모님만 가족인 것 같았다. 집을 나가야겠 다고 마음먹었다. 친정 식구 그 누구에게도 알리지 않고 구청 가정복지과를 찾아갔다. 남편의 폭력 때문에 가출했다고 거짓 말을 했다. 그러자 구청 직원이 아들과 나를 연수구 동춘동에 있는 '가화원'으로 보내주었다. 가화원에서 한 달을 지냈다. 남편은 친정 부모 형제들에게조차 연락을 하지 않았기 때문에 나와 아들이 실종됐다고 생각했다.

가화원에 있는 사람들은 깜짝 놀랄 정도로 안타까운 사연이 많았다. 남편에게 맞아서 눈에 멍이 든 여자, 폭력 때문에 도 망친 외국인 아내들……. 게다가 먼저 들어온 사람들의 텃세 때문에 힘든 시간도 있었다. 집에 돌아가고 싶었지만 남편을 혼내주고 싶은 마음이 커서 참고 적응해 나갔다. 그곳에서 봉사할 만한 일을 찾아서 시간을 보내기도 했다. 그러자 남편에 대한 화가 차츰 누그러졌고 그를 조금씩 이해할 수 있었다. 만약에 남편이 없어서 아들과 둘이 시설에 산다면 어떨까 하는 상상을 해보았다. 곰곰이 생각해 보니 나에게는 감사할 것들이 많았다.

한 달 만에 친정에 연락을 했다. 여동생들이 소식을 듣고 달려와 부둥켜안고 엉엉 울었다. 아들이 좋아하는 간식과 내가 좋아하는 과일을 한 보따리 사 들고 와서 챙겨 먹이고 돌아갔다. 친정 언니에게 내 소식을 전해 듣고 남편이 가화원으로 찾아왔다. 나와 아들을 보자마자 한참을 꼭 껴안고 말없이 있었다. 결국 시설 사람들과 직원들에게 정중하게 죄송하다고 사과했다. 폭력 남편은 시설에 들어올 수 있는 자격을 얻기 위해 했던 거짓말이었음을 고백했다. 그곳에는 장애인 시설도 있었는데 이 일을 인연으로 우리 부부는 주말마다 봉사하게 되었다. 그리고 몇 년 뒤에 가화원은 폐쇄되었다.

두 번째 사건은 남편이 당구에 빠지면서 시작되었다. 그 무렵 남편은 주말이 되면 집에도 들어오지 않고 당구에 빠져 살았다. 한번은 시댁에서 김장 배추를 가져오겠다고 금요일에 집을 나섰다. 그런데 월요일이 되도록 돌아오지 않는 게 아닌가. 시어머니께 전화를 드렸더니 택시를 타고 고속도로 휴게소를 다니며 남편의 차를 찾아보겠다고 하셨다. 차에서 잠든

게 아닌가, 사고 난 게 아닌가 하는 걱정으로 피가 마르는 것 같았다. 결국 남편을 찾지 못했고 실종신고를 했다.

나는 남편이 신던 구두를 끌어안고 제발 살아서 돌아와 달라고 엉엉 울었다. 일 분, 일 초마다 애가 타는데 월요일 저녁에 남편이 돌아왔다. 휴게소에서 잠이 들었는데 깨어보니 사흘이 지났다는 것이다. 긴 시간 의식을 잃었고 일어났을 때 코피가 났다고 했다. 아무래도 무슨 큰 병이 난 것 같다는 것이다. 나는 걱정스러워서 빨리 병원에 가자고 했다.

그런데 남편은 병원에 가지 않겠다고 했다. 고집 피우는 사람을 억지로 끌고 가서 정밀 검사를 받게 했다. 병원 대기실에서 결과를 기다리는데 친정 동생한테 전화가 왔다.

"이 순진한 언니야, 정신 차려!"

그때 남편은 제부와 일을 하고 있었다. 동생이 제부를 다그쳤더니, 우물쭈물하면서 사실대로 털어놨다. 사실은 남편이 사흘 내내 내기 당구를 쳤다는 것이다. 정말 어처구니없는 일이고 화가 났다. 어떻게 감쪽같이 나를 속이고 천연덕스럽게 아픈 척 연기를 할 수 있는지. 정작 병원에 가야 할 사람은 나였다. 나는 마음고생으로 사흘 동안 먹지도 자지도 못했다. 얄미운 남편의 행동이었지만 아무 일 없었던 것을 위안 삼고 다시는 하지 않겠다는 각서만 받았다. 웃지 못할 해프닝은 이렇게 끝이 났다.

생각해 보면 우리 부부는 결혼하기 전에도 웃지 못할 일이 있었다. 여행을 좋아했던 그 시절, 나는 기차를 타고 혼자 여행을 떠나곤 했었다. 새벽에 부산에 도착해서 목욕탕에서 씻고 잠깐 잠을 잤다. 그런데 옷장에 있던 지갑을 누가 훔쳐가 버렸다. 부산역에서 태종대에 가려고 택시를 탔는데 한참을 가서야 지갑이 없는 것을 알았다. 운전기사는 내 사정을 조금도 봐주지 않고 택시요금을 내놓으라고 윽박질렀다. 할 수 없이 당시 남자친구였던 남편에게 전화를 했다.

"뭐? 또 혼자 갔다고? 내가 위험하니까 혼자 다니지 말라고 했지!"

보수적인 남편은 결혼 전에나 후에나 내가 혼자 여행 다니는 것을 아주 싫어했다. 위험하다는 게 이유였다. 그래도 고집 센 나는 아랑곳하지 않고 여행을 다녔다. 남편은 자기 말을 안 들은 죄라면서 말이 길어지는 사이에 전화가 끊어졌다.

나는 그 길로 친구의 도움으로 집으로 돌아올 수 있었다. 그리고 남편과는 연락이 되지 않았다. 그때는 연락 수단이 집 전화뿐이었다. 사귀는 사이에도 며칠씩 연락이 안 되는 일이 많았다. 부산에서 돌아온 지 일주일이 지났을 때 누군가가 문을 두들겼다.

"안에 있어?"

남편의 목소리였다. 문을 열었더니 웬 노숙자 행색의 남자가

서 있었다.

"왜 그래? 무슨 일이야?"

"무슨 일이냐고? 너 때문에 부산을 다 뒤지고 다녔잖아."

그는 내가 택시비 때문에 전화했을 때는 바로 도와주지 않고, 뒤늦게 걱정이 돼서 부산까지 달려갔다. 나를 찾기 위해 며칠 동안 무작정 부산 시내를 뒤지다가 행색이 엉망이 된 것이다. 연락 받았을 때 도와주었더라면 나도 남편도 그렇게 되지 않았을 것이다. 어이가 없어 웃음밖에 나오지 않았다.

나중에 안 사실이지만, 남편은 강의가 있을 때마다 나와의 일화를 이야기하곤 했다고 한다. 나를 두고 '어디로 튈지 모르는 럭비공 같은 여자'지만 그 엉뚱함이 아내의 매력이라고 소개했다. 그러면 청중이 많이 웃었다고 전해 들었다.

"어디론가 말도 없이 훌쩍 떠나버려서 처음엔 적응하기 힘든 여자였어요. 지금은 그냥 내 팔자려니 하고 삽니다."

부산에서 돌아와서 나를 보자마자 꼭 끌어안고 '전화 받고 곧바로 달려가지 못해 미안하다'고 말했던 것을 기억한다. 언제나 나를 걱정하고 끔찍하게 위하던 남자였다. 정말 나를 진심으로 생각해 주던 남자. 그리움의 손짓을 따라가는 내 남은 삶의 여정에 언제나 그가 함께할 것이다.

죽음, 그 너머에서
기억해 줘요

이탈리아 감독 페데리코 펠리니의 영화 〈라 스트라다(La Strada)〉를 어려서부터 좋아했다. 제목을 우리말로 하면 '길'이다. 이 영화에서 인생은 곧 길이다. 길 위에서 만나고 헤어지고 떠돌다가 다시 만나듯, 우리의 인생도 그렇게 흘러간다. 유랑극단의 백치 젤소미나와 차력사 잠파노가 주인공으로 등장하고 주제곡인 트럼펫 연주가 가슴을 저민다.

영화에서 젤소미나와 피에로가 대화하는 장면이 있는데 이 대목이 내내 기억에 남는다.

"난 쓸모가 없어요. 어느 누구에게도 도움을 못 주는 불필요한 존재예요."

"세상의 모든 것들이 거기에 있는 건 다 이유가 있어서래요."

"그걸 어떻게 알죠?"

"나도 잘 몰라요. 사실은, 그건 하나님밖에 모르죠. 이 돌멩이도 분명 이곳에 있는 이유가 있지요. 젤소미나도요."

그러나 자신의 존재 이유를 알지 못하고 백치 소녀에서 실성한 여인으로 죽어버린 젤소미나. 그런 죽음을 예감했는지 어느 날 수녀원에서 장파노에게 이렇게 물었다.

"내가 죽으면 당신이 슬퍼할까요?"

젤소미나는 자신이 죽은 뒤에도 자신의 존재감이 세상에 남아 있을지, 장파노가 슬퍼해 줄지 걱정스러워한다. 장파노는 결국 젤소미나가 죽은 뒤에 너무 늦게 그녀를 찾아온다.

'내가 죽으면 나를 그리워하는 사람, 잊지 못하는 사람이 있을까?'

'내가 만일 내일 죽는다고 생각한다면 나에게 주어진 오늘을 어떻게 보낼까.'

소녀 시절부터 지금까지 죽음에 대한 생각을 멈출 수 없다. 늘 나에게 이렇게 묻곤 한다. '죽으면 어디로 가는 것일까', '죽은 후에 지금처럼 생각이란 것을 할 수 있을까', '만약 생각할 수 없게 된다면 내가 나라는 것을 어떻게 알 수 있을까' 아주 오래된 의문들이 머릿속을 맴돈다.

이렇듯 나는 어려서부터 죽음에 대해서 골몰했다. 어린 내가 죽음의 이미지에 유독 끌렸던 것은 내 존재를 확인받고 싶다

은 마음 때문인 것 같다. 위로는 언니, 아래로는 동생들이 북
적이는 집에서 나 하나쯤 없어져도 아무렇지도 않을 것 같았
다. 내가 죽어서 누군가가 슬퍼해 주면 행복할 것 같았다.

　도저히 끝날 것 같지 않은 지독한 성장통을 겪던 사춘기. 그
때는 죽음이 나를 유혹하듯 손짓하는 것 같았다. 힘든 삶에서
도망치는 도피처로 죽음을 갈망했다. 죽으면 모든 고통에서
벗어날 수 있을 것 같았다. 돌아보면 그때가 내 인생에서 가장
암울했던 시기였던 것 같다. 도무지 살아갈 희망이 없었다. 지
금처럼 가족이 있음에도 불구하고 미래를 그려볼 엄두가 나지
않았다. 꿈을 꾸는 것조차 버거운 시절이었다.

죽음에 대한 일차원적인 생각에서 벗어난 뒤에도 종종 죽음을 생각했다. 사람은 누구나 죽는다. 삶은 절대로 공평하지 않지만, 죽음은 만인에게 공평하다. 내가 죽는다고 가정하면 지금의 상황을 다르게 볼 수 있다. 이게 바로 내가 죽음을 생각하는 이유다.

전에 다니던 교회의 목사님께서 《죽음의 시학》이라는 책을 출간하셨다. 양로원에 계신 할머니와 할아버지들의 죽음을 다룬 책이었다. 그 책은 내게 죽음에 몰두할 동기를 제공해 주었다. 그때부터 죽음에 관한 책이나 다큐멘터리를 자주 봤다. 죽음에 대한 관심은 자연히 살아갈 시간이 얼마 남지 않은 사람에 대한 관심으로 이어졌다. 호스피스라는 직업에 흥미가 생겼고 다양한 돌봄과 관심, 사랑에 나의 삶을 바쳐야겠다는 생각이 들었다. 이런 생각이 요양원 사업으로 이어졌다.

나는 가끔 삶이 버겁다고 느껴질 때 화장터나 가족공원 납골당 근처에 차를 주차해 놓고 시간을 보내기도 한다. 나만의 생각에 빠져서 차가 방전이 되는지도 모를 정도다.

삶이 죽을 만큼 힘들다고 여겨져서 갔지만 잠든 사람들 앞에서 힘듦을 감사함으로 바꿔서 돌아왔다. 힘든 것도 살아 있기 때문에 가능한 것이리라. 나에게는 그래도 죽은 사람들이 그토록 원했던 삶이 있으니까. 답답하고 힘들 때 감사함을 얻을 수 있었다. 생명과 살아 있음 자체가 위로라고 느껴졌다.

'그래 나는 아직 살아 있잖아'

이런 마음으로 살아갈 용기와 위안을 얻었다. 가끔씩 슬픔, 아픔, 그리움의 정서에 미친 사람처럼 몰입할 때가 있다. 남편의 갑작스러운 죽음 때문에 나는 한동안 이런 감정에 빠져서 지낼 것이 분명하다.

먼저 떠난 남편에게는 너무나 간절했을 하루인데, 이런 생각을 하면 하루하루가 얼마나 소중하며 평범한 일상이 얼마나 절박한가? 이런 생각이 가지를 뻗어 나가면 내가 어떻게 살아야 할지에 대해서도 생각하게 된다. 사람은, 특히 젊어서는 내가 죽을 것이라는 생각을 하지 못하고 살아간다. 얼마나 오만한 생각인지, 나는 남편의 죽음을 통해서 다시 한 번 깨달았다. 남편은 자신이 죽음을 짐작했을까. 나와 아이들을 보며 울 때 무슨 생각으로 그리 서럽게 흐느껴 울었을까. 아마도 남편은 두려웠을 것이다. 왜 아니겠는가, 사람은 누구나 죽음 앞에서 공포를 느낀다. 자살을 각오한 사람조차 마찬가지다. 죽음은 인간에게 가해지는 가장 무서운 폭력이기 때문이다.

죽음의 그림자가 남편의 얼굴 가득, 점점 진하게 번졌다. 그렇게 허망할 수가 없었다. 이제 곧 퇴원한다고 좋아했던 남편이, 집으로 갈 날을 기다리던 남편이 어떻게 다른 세계로 가버릴 수가 있단 말인가.

아무리 잘 준비된 죽음도 일방적이고 갑작스럽다. 인사도 없이 세상을 떠나는 사람들과 남겨진 가족의 심정은 죽음에 대한 두려움 보다 더 큰 두려움이 있다. 그렇다면 무엇이 그들을 가장 힘들게 하는가. 그것은 바로 '지난날 가족과 잘 지내지 못했다는 후회'일 것이다. '그동안 고마웠다는 말 한마디 제대로 전하지 못했다는 아쉬움'일 것이다. 이제는 '다시 되돌릴 기회마저 없다는 절망감'일 것이다. 그 회한과 미련 때문에 떠나는 마지막 발걸음을 떼지 못한다.

여전히 죽음은 미스터리고 나는 그 거대한 비밀에 대해서 아는 바가 없다. 공자가 죽음이 무엇이냐고 묻는 제자의 질문에 이렇게 답했다고 한다.

"태어난 것도 모르는데 어찌 죽음을 알겠느냐?"

인간은 항상 죽음을 생각하지만 결론은 없다. 죽음은 먼 미래의 일이 아닌 현재의 삶과 연관해서 내 삶을 더 돌아보게 한다. 어떻게 죽느냐 하는 것도 어떻게 사느냐에 따라서 결정된다. 나는 언제, 어떤 모습으로 죽게 될까? 이렇게 생각하면서 살면 하루를 살아도 그 태도가 달라질 것 같다.

겪어야 할 시련과 어려움은 극복해 낼 수 있을 것이다. 내 삶이 있고 지금 살아 숨 쉬고 있고 나를 둘러싼 사람들의 사랑이 있으므로. 내일이 온다는 것은 당연하지 않다.